www.bbulmedia.com

멋있는라이프

1판 1쇄 찍음 2016년 7월 19일
1판 1쇄 펴냄 2016년 7월 25일

지은이 | 진 솔
펴낸이 | 정 필
펴낸곳 | 도서출판 뿔미디어

기획 · 편집 | 문정흠 · 한관희

출판등록 | 2002년 9월 11일 (제1081-1-132호)
주소 | 경기도 부천시 원미구 소향로 17번길(두성프라자) 303호 (우) 14544
전화 | 032)651-6513 / 팩스 032)651-6094
E-mail | bbulmedia@hanmail.net
홈페이지 | http://bbulmedia.com

값 8,000원

ISBN 979-11-315-7298-6 04810
ISBN 979-11-315-7296-2 04810 (세트)

BBUCMEDIA FANTASY STORY

진솔 현대 판타지 장편 소설

2

멋대로 라이프

뿔미디어

Contents

Chapter 1

사전 평가 시험

봄날의 따스함이 완연한 오후의 동해 고등학교.

치열한 학구열과는 거리가 먼 학교의 교정을 걸으며 나는 교무실을 향하는 내내 그 설비에 감탄했다.

'과연 부자들이 다니는 학교는 다르네.'

보통 교실에나 설치되어 있을 법한 천장형 냉온풍기가 일정 거리마다 빼곡히 설치되어 있고, 크고 널찍한 복도 곳곳에는 쉽게 보기 힘든 품종의 다양한 관상용 식물들이 실내의 공기 청정기 역할을 맡고 있는 것을 보며 나는 혀를 내두를 수밖에 없었다.

하지만… 그게 끝이 아니었다.

더욱 날 놀라게 한 것은 창밖으로 보이는 건물들이었다. 널찍한 운동장을 무색하게 만들 만큼 작은 돔 형태의 체육관과, 외견만으로도 세련미를 갖춘 고급 별관 건물들의 모습에 나는 이전까지 가지고 있던 학교에 대한 평가를 바꿔 나갔다.

'학교 부지 내에 돔이 있다니……'

비록 축소형이라고 하지만, 애당초 돔 형태의 체육관이 학교 내에 있는 것부터가 비정상이었다.

'내가 학교에 다닐 때도 별관 정도는 있었지만……'

초등학교 시절 아주 짧은 시간이긴 했지만, 내가 학교에 대해 가지고 있는 얼마 안 되는 기억이자, 내가 무엇인가를 배움에 있어 또래와 함께하던 유일한 추억이었다.

그랬기에 당시 학교의 구조 같은 것은 꽤나 상세히 기억하고 있었다.

그중에도 나름 신축 건물에 속하는 별관에 대한 기억은 꽤나 상세히 남아 있는데, 그건 기존의 학생 수용 인원을 넘어서는 상황에 대비한 예비 교실이자 과학실, 컴퓨터실 같은 특수 목적을 위한 실용적인 공간이지, 저렇게 한 동네 주민이 다 들어가도 될 만큼 크고 화려한 곳이 아니었다.

'부자들의 생각은 알 수가 없어……'

이런저런 생각 속 명백히 낭비가 분명한 실내 설비와 건물들의 모습을 감상하며 드넓은 학교를 한참이나 돌아다니던 나는 마침내 목적지에 도착할 수 있었다.

3학년 교무실.

"진짜 더럽게 큰 학교네."

조금 길을 헤맸다곤 하지만 교실과 교무실밖에 없는 건물에서 교무실을 찾아오는 데 십 분가량이 걸린 것에 인상이 절로 찌푸려졌지만… 이제 곧 만날 사람들에게 안 좋은 인상을 남겨봐야 나만 손해라는 것을 알기에 손으로 미간을 주무르며 표정을 풀었다.

똑똑.

드르륵.

가볍게 문을 두드리고 안으로 들어가자, 교복도 입지 않은 생소한 내 모습에 교무실 안에 있던 모두의 시선이 집중됐다.

"그… 안녕하세요?"

딱히 내 인사를 받아주는 사람은 없는 것 같지만, 그런 어색한 행동이 내가 누구인지를 알리는 데는 도움이 된 듯했다.

이내 꽤나 젊어 보이는 여선생이 나를 향해 아는 체를 했다.

"아, 오늘 사전 시험 보러 온 학생이죠?"

"아, 네. 박대로입니다."

무엇이 그렇게 신기한 것일까?

여선생의 입에서 사전 시험이라는 말이 나오자 교무실에 있던 선생들이 다들 가자미눈을 하며 나를 훑어보기 시작했다.

"호호, 갑자기 이렇게 편입하는 학생은 특별한 경우라 많이들 궁금해하고 있었는데, 의외로 평범하네요?"

"아, 네……."

특별히 문제가 보이지 않는 평범한 학생이라 다행이라는 칭찬의 의미인지, 아니면 생각 외로 별 볼일 없어서 실망했다는 의미인지 알 수 없지만, 나로선 앞으로 최소 1년 이상 함께하게 될 선생님에게 밉보일 이유가 없기에 세세하게 따지고 들지는 않았다.

그리고 실제로도 내 경우는 꽤나 특수한 상황이니, 그들의 호기심이나 생각이 이해되지 않는 바도 아니었다.

현재 나의 최종 학력은 중졸.

대한민국의 의무교육 과정에 해당하는 학력으로, 요즘 사회에선 꽤 흔하긴 하지만 그 안에 담긴 이력은 꽤 특이한 경우에 속했다.

먼저 초등학교에 입학한 기록은 있으나 졸업한 기록이 없어

무단결석으로 정원 외 관리자로 등록되어 초등 검정고시를 치른 것으로 되어 있었다.

그런 후, 중학교의 경우엔 보호소년, 즉 학교를 다닐 수 없는 불량 학생으로 등록되어 중학 검정고시를 치른 것으로 되어 있었다.

즉, 학력만을 놓고 본다면 나는 국가에서 지원하는 의무교육도 마치지 못할 만큼 커다란 문제가 있는 학생으로, 정상이라는 단어와는 극히 동떨어진 인물이라는 소리였다.

이 학교의 선생님들 입장에선 그런 정체불명의 학생이 전학도 아닌 편입으로 들어온다는 게 불안했을 것이다.

'게다가 그런 학생을 교장이 그냥 받아줬을 리가 없으니… 아마도 엄청난 빽이 있다고 생각하겠지.'

이곳 동해 고등학교는 지역 내 유수 가문의 자녀들은 물론, 최고의 수재들을 모아놓은 명문 고등학교. 이런 곳에 문제아가 뒷배를 이용해 들어온다면, 그 배경이 의심스러울 수밖에 없을 터였다.

'이전까지 학생으로서의 기록이 없고 법률상 보호소년… 거기에 압도적인 배경이라…….'

내가 선생이라도 그런 학생과 얽히는 일은 사양이었다.

'뭐, 그런 것치고 이 여선생은 의외로 스스럼없이 나서는 편

이네.'

가슴 언저리에서 나를 올려다보며 방긋 미소 짓는 여선생은 내가 문제라는 것에 대해 별다른 반감이 없어 보였다.

'나야 어느 쪽이든 상관없긴 하지만…….'

만약 나를 무서워하고 피하려 든다면 관심에서 벗어난 편안한 학교생활을 할 수 있을 것이고, 만약 반대의 경우라면 그냥 평범한 학생이 되면 될 일이었다.

그때, 멀뚱히 서 있던 내 손을 잡아끌며 여선생이 교무실 밖으로 걸음을 옮겼다.

"호호, 학교가 많이 낯설죠? 금방 익숙해질 수 있을 거예요. 우리 학교 학생들은 전부 착하기도 하고… 공부도 열심히 하니까 학생처럼 공부가 하고 싶어서 굳이 오지 않아도 될 학교에 온 학생이라면 금방 친구가 될 수 있을 거예요. 아, 우리 학교는 학생들을 대상으로 동아리랑 스터디 모임 지원을 하는데……."

조잘조잘.

어쩐지… 아버지가 뭐라고 구워삶아 나를 학교에 넣었는지 알 것 같았다.

'학구열이 넘치는 학생이라…….'

솔직히 그런 콘셉트는 사양하고 싶은 것이 사실이지만… 그래도 해야 할 역할이 명확하다면, 그것 또한 나쁘지 않았다.

범생이 짓은 마음에 안 들지만, 그것으로 조용한 학교생활이 보장된다면 좋은 일이었으니 말이다.

드르륵!

나를 옆에 두고 쉼 없이 조잘거리며 스터디 그룹을 비롯한 각종 공부 지원에 대해 설명을 하던 여선생은 마침내 도착한 교실의 문을 힘차게 열며 말했다.

"자, 오늘 시험은 여기서 치르게 될 거예요. 원래는 학생 상담실 같은 곳을 이용하려고 했는데, 아무래도 교무실 옆이다 보니 선생님들이 돌아다니면 시험에 지장을 줄 것 같아서 빈 교실을 하나 쓰기로 했어요."

"아, 예……."

그것참 대단한 배려군.

나는 한 학급의 교실이라는 것이 믿기지 않을 만큼 널찍한 모습에 속으로 혀를 내두르면서 물었다.

"그럼 시험은 바로 시작하나요?"

"아, 잠시만 기다리세요, 시험은 보통의 시험 방식 그대로 시간을 나눠서 과목별로 시험을 볼 거예요."

"흠… 그런가요?"

조금 아쉬운 방식이었다.

누가 됐든 차별 없이 동일한 시험 시간을 보장해 주는 것은 광장히 민주적인 방법이긴 하지만, 오늘은 오랜만에 집에서 나온 기념으로 오후의 마트 세일 타임을 이용할 계획이어서 일정 시간을 무조건 할애해야 하는 시험 방식은 나로선 아쉬울 수밖에 없었다.

'화장지가 오늘 많이 세일하던데⋯ 어쩔 수 없지, 인터넷으로 재생지를 사는 수밖에.'

비록 질감은 떨어지지만 일반 브랜드의 화장지들에 비해 저렴한 재생지는 배송비를 포함해도 더 싼 값이기에 내가 애용하는 생필품 중의 하나였다.

'아쉽군. 오랜만에 부드러운 휴지를 사용해 볼 수 있는 기회였는데⋯⋯.'

대량으로 사다 놔도 썩지 않고, 생활필수품에 해당하는 화장지의 세일을 놓쳤다는 생각에 작게 입맛을 다신 나지만, 옆에서 나를 지켜보던 여선생은 생각이 달랐나 보다.

"후후, 시간제한이 있어서 아쉬워요? 하지만 이게 공평한 일이니 어쩔 수 없어요. 학생은 아무래도 오랜만에 시험을 보니까 조금 더 여유를 줘야 한다는 게 제 생각이긴 하지만⋯ 이 시험은 성적에 따라 학년이 정해지는 거라 공정하게 치를 수밖에 없거든요."

'그러고 보니⋯ 이거, 성적에 따라 학년이 달라지는 거였지?'

지금의 내 나이는 올해로 19세.

정상적으로 진급을 했다면 정확히 고등학교 3학년에 해당하는 나이였다.

'두 살이나 어린 애들이랑 같은 반에서 공부를 할 수는 없지.'

물론 그런 게 아니더라도 학교를 최대한 짧게 다니고 싶은 나에겐 3학년이 되는 것이 가장 좋은 일이었다.

'그렇다면 다 맞출 생각으로 시험 보면 되겠네.'

시험 성적에 따라 학년이 갈린다는 의미는 결국 점수가 높으면 보다 높은 학년에 배정한다는 의미일 터. 3학년을 노리는 나로선 당연하게도 시험문제를 모두 맞추는 게 좋았다.

'뭐, 그렇다고 해서 딱히 공부를 한 것은 아니지만……'

이제 와 하는 말이지만, 사실 이 평가 시험이라는 것이 무슨 과목을 시험 보는지, 어떤 문제가 나오는지 준비한 게 하나도 없었다.

이런 경우가 극히 드물다 보니 미리 알아본다는 것이 불가능하기도 하지만, 애당초 이런 평가 시험 같은 것은 안중에도 없다는 게 맞았다.

'틀릴 만한 문제가 있다면… 아마 작년에 시행된 15차 교육과정으로 인해 바뀐 내용 정도?'

물론 교육과정의 차수가 바뀌었다고 해도 학교에 바로 적용되는 것이 아니니 1년 사이에 큰 변화가 있을 리는 없지만, 고등 심화 교육을 표방하는 이곳 동해 고등학교라면 미리미리 대비 중일지도 모르는 일이었다.

'뭐, 그렇다고 해서 틀릴 것 같지는 않지만……'

어차피 교육과정의 차수가 바뀐다는 것은 시대에 맞지 않는 현행 교육과정의 문제점을 수정한다는 의미일 뿐, 기존 교과서의 내용이 틀린 게 아니라면 배우는 내용은 고만고만한 게 현실이었다.

고작해야 기존의 과목들이 좀 더 효율적으로 통폐합되는 정도?

'번거롭긴 하지만, 문제될 건 없겠지.'

드르륵—

그렇게 이런저런 생각들을 하며 교실 가운데 놓인 빈 책상에 널브러져 있던 나는 마침 시험지를 가지러 갔던 여선생이 교실 문을 열고 들어오는 것을 보며 자세를 바로 했다.

"기다렸죠? 그럼 시험을… 시간이 조금 애매한데……"

품에 안은 서류 가방에서 조심스럽게 몇 장의 시험지를 꺼내던 여선생이 시계를 보며 말했다.

"시간이요?"

"네. 조금 있으면 쉬는 시간이라 곧 있으면 복도에 애들이 잔뜩 돌아다닐 거라… 아무래도 시험에 방해가 될 테니……."

"아, 그런 거라면 괜찮습니다. 쉬는 시간 동안 기다리는 것도 지치고… 바로 시험 보고 싶어서요."

씨익.

내가 상관없다는 듯 사람 좋은 웃음을 지어 보이며 말하자 여선생은 조금 곤란하다는 듯 우물쭈물거리는가 싶더니, 이내 작게 한숨을 쉬며 시험지를 배부했다.

"학생 본인이 원한 거니… 시험지를 주긴 하지만, 나중에 주변이 시끄러워서 시험을 못 봤다는 말은 안 하셨으면 해요."

"네네, 걱정 마세요."

정말이지 오랜만에 쥐어보는 시험지란 것의 감촉에 약간 기분이 업되는 것 같았다.

피식.

'인간은 정말 간사한 동물이야.'

불과 4~5년 전까지만 해도 연일 이어지는 시험과 그 결과에 따른 혹독한 처벌에 시험의 시옷 자만 들어도 진절머리를 쳤는데… 단 몇 년 사이에 나는 시험지의 감촉을 즐길 수 있게 되었다.

'…시험지를 받는 기분은 달라졌지만, 문제는 바뀐 게 없네.'

받아 든 시험지를 위아래로 가볍게 훑어보며 내용을 살피니 그다지 어려워 보이는 문제는 없었다.

'입학시험 겸 평가 시험이라 그런가, 문제가 상당히 쉽네.'

오직 나 한 명을 위해 제작된 시험지이니만큼 퀄리티가 떨어지는 것일 수도 있고, 아니면 정말 기초를 평가할 생각으로 준비한 문제일 수도 있었다.

'거저 주겠다면야… 나야 고맙지.'

사각사각.

내 펜은 문제의 지문을 읽을 때가 아니면 멈춰 서는 시간이 없었고, 거침없이 넘어가는 시험지에는 문제마다 답안이 빼곡하게 적혀 있었다.

그리고 그걸 지켜보던 여선생님은…….

'뭐야, 다 찍고 있는 건가?'

처음엔 그렇게 생각했지만, 이내 넘어가는 시험지의 면면마다 빼곡히 적힌 서술형 답안들을 보며 고개를 내저은 그녀였다.

가벼운 어투로 평가 시험이라고 소개하기는 했지만, 사실 저 시험지는 이곳 동해 고등학교의 1, 2, 3년 각 과목 선생님들이 고심해서 만든 문제였다.

그런 만큼 시험지마다 다양한 수준의 시험문제가 섞여 있었다.

지역 내 명문이자 귀족 고등학교로 이름난 동해 고등학교에 좋은 배경을 가진 학생이 늘어나는 것은 언제나 환영이지만, 그게 학생의 생활 기록은 물론 배경조차 불분명한 경우라면 오히려 짐이 될 수밖에 없었다.

하지만 그렇다고 이미 편입이 결정된 학생을 내쫓는 것은 불가능한 노릇.

그렇기에 2학년과 3학년 선생님들은 무슨 수를 써서라도 자신이 맡은 학년에 편입생이 배정되는 것을 피하기 위해 가능한 한 최대한의 어려운 문제를 냈고, 1학년 선생님들은 쉬운 문제로 위로 올려 보낸다는 것이 불가능함을 일찌감치 깨닫고 방향을 바꿔 학생 스스로가 공부에 부담을 느껴 편입을 포기하도록 최대한 어려운 문제를 냈다.

쉽게 말해 지금 저 시험지는 그냥 말도 안 되게 어려운 문제의 총집합이라는 의미였다.

그 수준을 논한다면 이미 고등학생 수준은 넘어섰을 정도.

그렇기에 그녀는 저 편입생을 편하게 대할 수 있던 것이었다.

1학년 선생님들의 계획대로 된다면 박대로라는 학생이 동해 고등학교에 올 리가 없음은 물론이고, 3학년 선생님으로서 저 시험문제의 가장 최고 난이도 문제를 직접 만든 그녀는 편입생이 자신의 학년에 배정될 리 없다는 것을 잘 알고 있었으니 말이다.

하지만…….

사각사각사각.

'찍는 것을 방지할 생각으로 문제 대부분이 주관식 서술형에 객관식도 8지선다형으로 만들었는데, 저렇게 빨리 푸는 게 가능하다니……!'

이미 편입생의 시험문제를 푸는 속도는 시험문제를 직접 출제한 선생님들이라도 쉽게 흉내를 내기 힘든 지경에 이르러 있었다.

만약 저 시험지의 문제 비율에 객관식이 많았다면 벌써 시험을 다 치르고도 남을 터였다.

'에엑! 저렇게 빨라도 되는 거야?'

땡동댕동―

경이적인 시험 진행 속도에 그녀가 속으로 경악하는 사이, 종소리가 학교에 울려 퍼졌다.

고급스런 학교 분위기에 비해 상당히 클래식한 종소리지만, 그만큼 명확한 의미를 담은 소리이기도 했다.

이 세상에 '땡동댕동' 이 수업의 시작과 끝을 알리는 종소리란 걸 부정할 사람은 없으니 말이다.

"와아―!"

왁자지껄.

'어떡하지? 나가서 조용히 시켜야 하는데……'

종소리와 함께 교실을 뛰쳐나온 학생들이 몰리자 널찍하고 커다란 복도가 동굴이 되어 그들의 수다 소리를 구석구석으로 퍼뜨려 나갔고, 그것은 편입생이 시험 중인 교실도 마찬가지였다.

그뿐만이 아니었다.

수군수군.

와글와글.

"저기 봐, 편입생이야."

"고개를 숙이고 있어서 얼굴이 잘 안 보이네."

"거 봐, 남자 맞지? 아까 여자에 걸었던 놈들 다 돈 내놔."

"빽으로 아예 편입을 했다지? 우리 아빠도 그런 건 못할 텐데… 정말 소문처럼 대통령의 숨겨진 아들 정도 되는 거 아니야?"

"에이, 정말 대통령 아들이면 왜 한국에 있냐? 이미 옛적에 외국으로 보냈지."

다들 어디서 그렇게 소문을 듣고 왔는지, 창문은 물론이고, 앞뒷문의 조그만 유리 사이로 다닥다닥 모여들어 시험 치르는 편입생을 구경하고 있었다.

'어떡하지? 쟤들 하는 말 다 들리잖아! 아무리 시험을 못 보면 좋겠다고 생각했지만, 저렇게까지 떠드는 건… 게다가 이상한 소문까지…….'

명문 고등학교의 3학년 담당인 그녀지만 사실 경력은 3년 차에 불과한 햇병아리였고, 무엇보다 선생님 정도는 감히 비교조차 불허할 만큼 든든한 배경의 학생들이 수두룩한 탓에 그녀는 학생 모두에게 존댓말을 썼다.

물론 학생을 존중하는 태도는 좋은 것이긴 하지만, 그녀의 경우 마음에서 우러났다기보단 외부의 분위기상 따라가는 것이기에 그 의도가 충분히 불순하다고 볼 수 있었다.

'어떡해……!'

그렇게 그녀가 속으로 발을 동동 구르는 사이, 한쪽에선 다른 의미로 초조해하는 사람이 있었다.

'어떡하지? 예상보다 너무 빨리 다 풀었는데?'

주어진 시험 시간은 50분.

그리고 시험을 끝낸 지금 남은 시간은 35분.

남은 시간이 너무나 아까웠다.

'엎드려 잘 수도 없고…….'

차라리 피로를 덜고자 잠을 잘 수 있다면 괜찮겠지만, 지금 교실 밖에 모인 수많은 시선과 나를 주제로 한 다양한 이야기의 소음은 잠들 수 없게 만들었다.

　아이들이 떠드는 내용에는 관심을 갖지 않았다.

　워낙 다양한 이야기가 오가는 탓도 있고, 너무 허무맹랑한 이야기들인 이유도 있으며, 결정적으로 그들이 떠드는 내용 모두가 진실이 아닌 바, 꿀릴 게 없는 나로선 신경 쓸 이유가 없었다.

　그저 그들이 만들어내는 커다란 소음에 짜증이 날 뿐.

　하지만 나의 수면을 방해하는 것은 그런 소음뿐만이 아니었다.

　사실 그보다는 훨씬 더 큰, 근본적인 문제가 있었다.

　그건 바로…….

　'선생님과 일대일로 마주 보고 앉아서 엎드려 잘 수는 없잖아!'

　물론 시험문제를 다 푼 이상 엎드려 있는 것이 문제될 것은 없겠지만… 아무리 철면피라도 앞으로 최소 1년 이상 함께하게 될 선생님 앞에서, 그것도 초면에 35분간 엎드려 자는 모습을 보일 수는 없는 노릇이었다.

　'이제 고작 첫 번째 시험인데 말이지…….'

　앞으로 몇 개 과목의 시험을 더 봐야 할지 모르겠지만, 매 시험 시간마다 이런 페이스로 문제를 풀게 된다면 두 과목당 한 시간 이상 선생님과의 어색한 대면 시간이 발생한다는 의미였다.

'그런 건 싫은데…….'

이미 문제 풀이는 물론, 검사까지 다 끝난 시험지를 의미 없이 뒤적거리던 나는 슬쩍 앞에 앉은 여선생님의 눈치를 보다가 온통 문밖으로 신경이 쏠린 모습을 확인하고 지나가듯 물었다.

"시험문제를 다 풀면… 어떻게 할까요?"

"시험을 다 봤다면 시험지를 미리 제출하고… 쉬셔도 좋아요. 공식 시험이 아니니 다 풀었다면 다음 시험까지는 자유롭게……."

"여기 있습니다."

드르륵!

원하는 내용을 들은 나는 재빨리 자리에서 일어서며 여전히 교실 밖에 신경이 쏠린 그녀에게 다 푼 시험지를 불쑥 내밀었다.

이런 내 행동에 전혀 준비가 안 되어 있던 그녀는 내밀어진 시험지를 보며 허둥지둥거리긴 했지만, 이내 무언가를 기대하는 내 시선을 보며 정신을 차린 듯 작게 헛기침을 하며 말했다.

"흠흠, 이제 나가봐도 좋아요. 쉬는 시간은… 10분으로 할게요."

"네!"

기쁘게 자리를 박차고 나온 나는 창문이며 출입문에 다닥다닥 붙은 인간들을 보며 살짝 눈살을 찌푸리곤 당당히 교실 문을 열었다.

드르륵!

"……."

'뭐야, 괴물이라도 본 거처럼.'

문을 열기가 무섭게 공원에 모여든 비둘기들마냥 사방으로 흩어져 나가는 교복 무리를 보면서, 나는 앞으로 지내게 될 시간이 어쩐지 벌써부터 눈에 선한 것 같아 절로 한숨이 나왔다.

그런데 그때.

쏴아아악!

"응?"

근래에 꽤나 자주 본 모세의 기적을 연출하며 저쪽 복도 끝에서부터 다가오는 인영이 있었다.

'음, 엘프?'

거리가 꽤 있는 탓에 얼굴을 자세히 확인할 수는 없지만, 멀리서도 선명히 보이는 매끄러운 체형과 모델마냥 길쭉한 다리……. 윤곽만으로도 미인임을 짐작케 하는 그 모습은 요 근래 게임 속에서 보아왔던 여자 엘프의 모습과 꽤나 닮아 있었다.

그리고 잠시 뒤, 엘프와 비교했던 내 생각과 그리 다르지 않은 생김새의 미녀가 내 앞으로 한 걸음씩 다가왔다.

갸름한 턱선, 조막만 한 얼굴에 참 알차게도 박아놨다 싶을 만큼 크고 아름다운 두 눈과 조금은 고양이를 연상케 하는 뾰족한 느낌의, 하지만 그마저도 아름다운 눈매. 이를 보조하는 오뚝한 콧날과 화룡점정이라 할 만큼 붉은빛의 도톰하고 작은 입술은 당장에 귀만 잡아 늘린대도 엘프와 구분하기 힘들 정도로 아름다운 모습이었다.

하지만… 그런 그녀의 특징은 조금 나중에서야 눈에 들어왔다.

그보다 먼저 시선을 잡아끄는 것이 두 가지나 있어… 그것은 불가항력에 가까웠다.

첫째로는 풍성하게 길러 어깨에 걸린 그녀의 머리였다. 물론 그것만으로는 그다지 이상할 것이 없지만, 문제는 그 헤어스타일에 있었다.

'…공주?'

공주라는 단어가 가장 잘 어울릴까?

풍성하게 기른 그녀의 머리는 귀밑을 기준으로 마치 소라를 거꾸로 매달아놓은 듯한, 혹은 토네이도를 형상화한 것 같은 모습으로 꼬여 있어 가히 중세 시대 유럽의 공주를 그려낸 듯한 모습이었다.

만약 저런 머리를 이 자리가 아닌 다른 곳에서 보게 된다면, 그건 분명 굉장히 독특한 정신세계를 가지고 있다고 평가 받는 디자이너의 패션쇼일 가능성이 농후했다.

물론…….

'저런 이상한 머리마저도 충분히 소화할 만큼 예쁘지만.'

멀리서 잘못 본 것은 아닌 듯, '현대의 미'라는 단어가 가장 잘 어울릴 법한 쭉쭉 빵빵한 몸매는 물론, 그 새하얀 피부에 귀여움과 아름다움을 비율 좋게 버무려 낸 얼굴은 그런 독특한 헤어스타일조차 그녀만의 아름다움으로 승화시키고 있었다.

'패완얼이란 거겠지…….'

패션의 완성은 얼굴.

누구는 흰 티에 청바지만 입어도 귀티가 나고 이성이 줄줄이 따르는 반면, 명품 옷을 걸치고 비싼 미용실에서 세팅한 머리를 하고도 동네 백수라 평가 받는 사람도 있기 마련이었다.

당연하게도 그녀의 경우는 명백히 전자에 해당했다.

하지만 사실 그녀의 헤어스타일 정도는 두 번째 이유에 비하면 애교에 불과했다.

독특한 헤어스타일이긴 했지만, 앞서 말했다시피 패션의 완성은 얼굴.

그녀의 얼굴이라면 사실 가운데 머리만 1미터쯤 올려 세운 모히칸 스타일이라 해도 충분히 어울렸으리라.

'아, 그건 좀 아닌가?'

뭐, 어쨌든 그 정도로 그녀의 외모는 예뻤고, 두 번째 시선 강탈자의 임팩트가 크다는 의미였다. 그렇게 실없는 생각을 하는 사이, 내가 소개하기도 전에 두 번째 시선 강탈자가 먼저 자신을 어필해 왔다.

크룽—

"…개?"

꿈틀.

자연스레 그것의 이름… 아니, 종을 중얼거리는 내 앞에 멈춰 선 녀석이 마치 뽐내기라도 하듯 턱을 치켜들고 섰다.

잡종이 아닌, 순수 혈통의 아주 귀하신 몸이란 것을 직접 표현이라도 하듯, 보무도 당당하게 학교의 복도 한복판을 유유히 걸어오던 불도그 녀석.

꽤나 거리가 떨어져 있음에도 불구하고 자신을 '개'라고 표현한 내 말을 들기라도 한 듯 눈썹을 꿈틀거렸지만… 그뿐이었다.

'어떻게 학교 한복판에 개가…….'

크르르—

혹시나 내가 무슨 생각을 하는 것인지 읽기라도 하는 걸까, 아니면 여전히 조금 전 자신을 표현한 '개'라는 단어에 반응하는 것일까?

어느 쪽이든 간에 나에게 호의적이지 않은 것만은 확실했다.

그사이, 자신의 아름다움을 뽐내며 복도를 걸어오던 여자가 마치 조금 전 불도그가 그랬던 것처럼 나를 보며 작게 눈썹을 꿈틀거렸다.

꿈틀.

그것 역시 무언의 압력이 담긴 불만의 표시였고, 그 의미는 명백했다.

— 비켜!

이 이상 얼마나 비키라는 말인가.

지금 내가 서 있는 위치는 복도의 정중앙에서 조금 비켜난… 아니, 우측 통행에 충실한 위치였다. 도로로 따지면 2차선 도로 중 한 차로의 가운데 있는 정도에 해당했다.

즉, 반대편 차선은 갓길로 딱 붙어 선 아이들밖에 없는 바, 지나가고자 한다면 그녀만 한 체격의 여자애는 세 명이 나란히 서서도 지나갈 수 있을 정도였다.

하지만… 어째선지 개도, 주인도 당당히 중앙선을 따라 움직이며 양쪽의 차들을 갓길로 밀어내는, 괴팍한 운전을 하는 중이라고 할 수 있었다.

그때, 살짝 찌푸린 눈으로 나를 위아래로 훑어보던 여자가 브레이크를 밟으며 조신하게 말했다.

"잠시 길을 좀 비켜주시겠어요? 거긴 저희 베르난도의 산책로라서요."

"…싫은데?"

움찔!

왜였을까?

평소의 나라면 이런 복잡한 일에 엮이기 싫어서라도 먼저 자리를 피했을 것이다.

하지만 어째선지… 오늘은 달랐다.

내 대답을 들은 그녀는 이내 파르르 떨리는 눈꼬리를 한 손으로 가볍게 내리누르며, 여전히 웃는 낯으로 말했다.

"이 몸… '무려' 제가 부탁하는 건데요?"

"…어쩌라고."

비틀!

내 반응이 정말로 그렇게 놀랄 만한 일이었던 것일까?

나의 대답에 쓰러질 듯 비틀거리는 그녀였다.

그런 주인의 반응이 생소한지 목줄이 매인 불도그가 나를 향해 크게 짖기 시작했지만… 아마도 개를 잡기엔 아직 이른 날이었나 보다.

으르르… 크왕와왕!

"그만… 그만, 베르난도. 난 괜찮아."

'베르난도? 외모랑 별로 매치가 안 되는 이름이군.'

의미는 모르겠지만, 어쩐지 기름칠한 듯 매끄러운 발음의 이름과 불도그의 쭈글쭈글한 얼굴에는 분명 괴리감이 있었다.

"혹시… 게이… 아니, 동성애자신가요?"

"……."

이 미친년이 초면에 뭐라고 하는지 모르겠다.

이미 내 상식 밖의 상황과 이해를 벗어난 행동이었기에, 나는 생각하길 멈추고 그냥 고개를 저었다.

그러자 상대방으로부터 격한 반응이 작렬했다.

"그럴 수가! 이성애자… 그것도 남자가 이 완벽한 저를 보고도 부탁을 들어주지 않는다는 거예요? 같은 여자분들에게도 거절을 당해본 적이 없는데!"

'남자애들이야 좀 골빈 녀석들이 있을지도 모르겠지만… 여자애들까지 그랬다는 건 뭔가 다른 이유에서… 들어준 것 아닐까? 엮이고 싶지 않았다든가…….'

마치 연극의 한 장면인 듯 과장된 포즈로 이마를 짚는 그녀를 보며 슬쩍 이마를 좁히던 나는 우선 이 정신 나간 여자의 상식부터 교정해 주기로 했다.

"뭐, 부탁을 들어주고 안 들어주고야 각자 생각이 다른 거니 그렇다 치고… 그보다는 학교에 개를 데리고 온 쪽이 이상한 거 아니야? 개를 데리고 올 거면 조용히 눈에 안 띄게 지나가기라도 하든가, 알아서 피해 가야지… 복도 한복판에서 산책을 한다는 게 말이 돼?"

과연 이것을 지적해 줘야 하는 것인가 의문이 들 만큼 일반 상식을 말하는 사이, 내 말을 듣고 있던 그녀의 표정과 태도가 갑작스레 변하기 시작했다.

"뭐야? 너! 우리 베르난도한테 개라는 저급한 표현을 쓰다니! 미친 거 아니야?"

'이건 또 뭐라는 거야?'

앞선 행동으로 어느 정도 알아보긴 했지만, 생긴 것과는 달리 정신적으로 문제가 많은 것인지, 지적을 듣자마자 반말로 언성을 높이는 그녀를 보며 나 역시 반말로 응수했다.

"개가 개지, 그럼 뭐라고 불러? 학교에 개를 데려온 주제에 뭐라는 거야? 너야말로……."

'미친년 아니야?'

먼저 미친 거 아니냐는 물음과 무례한 소리를 듣긴 했지만, 그래도 차마 초면에 대놓고 미친년이라는 표현을 할 수가 없어

뒷말을 삼켰다.

하지만 그것만으로도 의미만은 전해졌는지, 미친년의 얼굴이 붉으락푸르락하며 예열되기 시작했다.

"너! 이 학교 학생 아니지? 교복도 안 입었고, 우리 베르난도를 못 알아본 거 보면 선생님은커녕 학교 관계자도 아닐 테고. 너 우리 학교에서 뭘 하는 거야?!"

허리에 떡하니 손까지 얹고 흥분해서 날뛰기 시작하는 미친년을 가만히 쳐다보던 나는 그녀의 말이 끝나기 무섭게 짧게, 그리고 거만하게 대답해 줬다.

"편입생이시다."

왜 그랬던 것일까?

이것 역시 평소의 나라면 하지 않을 행동이었다.

초면인 상대방 앞에서 이토록 거만하게 굴다니, 글로리아 컴퍼니의 회장이 되기 전까지 그런 짓은 하지 않기로 어릴 적에 속으로 다짐하지 않았던가.

그전까진 나보다 사회적 위치가 조금이라도 높아 보이면 잽싸게 허리를 굽히기로 했지만, 지금 내 앞에 선 상대의 언행은 그런 다짐이 무색하게 할 만큼 내 속에 잠든 반골 기질을 이끌어내고 있었다.

내 본능이… 이 여자에게 지지 않기를 원하고 있었다.

'흠, 큰 문제는 없겠지.'

초면에 차마 욕을 하진 못하겠지만, 이 정도의 행동은 충분히 가능한 수위라고 생각한 나였다.

그도 그럴 것이, 내 나이는 학생 기준으로 최고령인 19세. 교복을 입고 있는 이상 나보다 연상은 있을 수 없고, 잘해봐야 동갑일 터. 사회에서 만났다면 몰라도 학교 안에서 동갑내기 여자애에게 꿀릴 이유가 없었다.

"뭐야? 편입생이면 다야? 그런다고 네가 우리 베르난도한테 막말할 자격이 있을 거 같아? 어서 우리 베르난도한테 사과해!"

'개한테 개라고 했다고 막말이라니…….'

그 와중에 제 주인의 말이 맞다는 듯 고개를 더 높이 치켜올리는 불도그를 보며 혹시나 정말 대단한 개가 아닌가 하는 생각이 들긴 했지만… 그래봐야 여전히 개는 개일 뿐이었다.

"그 개가 뭐가 특별해서 인간보다 더 대단한 취급을 받는 건지 모르겠네. 게다가 학교 안에서 개를 끌고 다니는 여자야말로 다른 사람한테 뭐라고 할 자격이 있는지 궁금하군그래."

"뭐야?!"

패기 넘치게 소리치고 있지만, 그것에 대해서만큼은 할 말이 모자란 것인지 본래도 뾰족한 고양이 눈을 더욱 날카롭게 치켜뜬 그녀는 잠시 말없이 무언가를 생각하는가 싶더니, 이내 조금 진정한 듯 차분한 목소리로… 조금 더 미친 소리를 했다.

"흐음, 하긴 평범한 우민이 우리 베르난도의 대단함을 알아보기란 쉽지 않겠지, 그런 막눈을 가지고 있다면 심미안에 문제가 있어 내 아름다움을 잘 이해하지 못한 걸 수도 있고… 좋아, 우리 베르난도가 얼마나 대단한 아이인지 알려주지!"

'흠, 정신이 온전치 못한 애인 거 같은데… 괜히 도발했나?'

문득 조금 전 우발에 가까운 내 행동이 잘못된 것은 아닐까 하는 생각이 들었지만, 이미 후회하기엔 먼 길을 온 상태였다.

"우선 우리 베르난도는 순혈 불도그지. 그것도 전 세계에 몇백 마리밖에 존재하지 않는 알라파 블루 블러드 불도그야! 그 몸값은 고작 너 같은 우민이 생각할 수 있는 단위를 넘어섰지."

'알라파 블루 블러드라… 확실히 순혈종의 고급 견종이긴 하군.'

그녀 말대로 보통 사람은커녕 어지간히 개에 대한 애정을 가진 사람이 아니라면 알기도 힘든 종이긴 했다. 하지만 나에게 그런 어려움은 없었다.

나는 어려서부터 이러한 귀족적 문화에 대한 교육을 끊임없이 받아왔고, 그것을 반드시 알아야만 하는 환경에서 자라왔다. 그중에서도 가장 대표적인 취미인 애완동물과 관련해서는 꽤나 많은 지식을 쌓았기에 방금 전 말한 불도그의 특징 역시 세세하게 알고 있었다.

'저 종의 불도그는 힘 있고 당당한 성격과 불도그치고는 좋은 편에 속하는 두뇌, 투철한 충성심 덕분에 흔히 '있는 집'의 호위견으로 길러지는 견종. 저 여자 말대로 순혈 알라파 블루 블러드라면 전 세계에 그 개체 수가 얼마 되지 않겠지. 실제론 돈이 있어도 연이 없으면 구하기 힘들 테고 말이야.'

그 외에도 다양한 특징이 있지만, 그것만으로도 저 불도그는 분명 특별한 개임이 틀림없었다.

하지만…….

"그래봐야 불도그지."

"…뭐?"

알라파 블루 블러드 불도그에 대해 할 말이 많은지 무언가 자랑거리를 찾아 입을 오물거리던 여자는 내 투덜거림에 하려던 말도 잊었는지, 멍하니 되물었다.

그리고 나는 그런 물음에 자세히 답해줬다.

"불도그란 견종은 원래 일반 애완용의 개는 아니지. 본래 그 흉포한 성격 때문에 야생동물로부터 농장을 지키거나 사냥개로 키워져 온 거니까. 불과 백 몇 십 년 전까지만 해도 불도그는 흉측하다고 말할 정도로 울퉁불퉁하고 단단한 체격의 개였어. 특히나 그중에서도 알라파 블루 블러드는 그런 특징이 더 두드러지는 개였지… 하지만 그 개를 봐라. 그 개의 어디가 강인한 호위견의 모습인지."

움찔!

베르난도는 불도그 특유의 늘어진 얼굴에 강인함이란 전혀 남아 있지 않고, 그저 자신의 혈통을 뽐내는 자만만이 녹아 있는 모습이었다. 뿐만 아니라 단단한 근육이 자리 잡아야 할 자리엔 좋은 집, 좋은 환경에서 좋은 음식으로 살을 찌운 포동포동함만이 남아 있어, 그 어느 곳에서도 악한으로부터 주인을 지킬 수 있을 만한 강함은 보이지 않았다.

"게다가… 그 개의 입을 봐봐."

빤히.

여자는 물론, 복도에 선 모두의 시선이 불도그의 입으로 향했다.

"불도그의 입은 원래도 다른 개들에 비해 짧은 편에 속하지. 하지만 알라파 블루 블러드는 그런 불도그들 중에서 유달리 긴 입을 가지고 있는 종으로, 멧돼지 같은 야생동물을 상대하기 위한 진화의 흔적이라고 하지만… 뭐, 지금 네가 가진 그 개는 정말 알라파 블루 블러드가 맞는지 의심될 정도로 짧은 입을 가지고 있잖아?"

"이익……!"

내 말에 당황한 듯한 표정을 보이던 그녀는 품속을 뒤지더니, 이내 고급스런 정사각형의 편지 봉투 같은 것을 꺼내 나에게 들이밀며 외쳤다.

"흥! 이것 봐! 이거야말로 우리 베르난도가 순혈임을 알려주는 혈통 증명서라고! 네가 아무리 우리 베르난도를 깎아내리려고 해봤자……!"

보통 저런 걸 가지고 다니나?

'어지간히 저 개에 대한 자부심이 큰가 보군.'

하지만 애당초 내가 하고 싶은 말은 저 개가 진짜 순혈인지 아닌지가 아니었기에 가볍게 손을 들어 그녀를 제지시키고 다시 말을 시작했다.

"뭐, 순혈이 맞겠지. 오히려 저 짧은 입이야말로 순혈임을 입증하는 단서라고 보는 게 좋을 거야."

"뭐? 말이 다르잖아! 원래는 입이 길어야 한다고 했던 주제에!"

"그래, 원래는 말이지."

원형의 알라파 블루 블러드였다면 분명 입이 길고 근육으로 가득 찬 몸을 지닌 개여야 맞았다. 하지만 원형이 있던 시절로부터 많은 시간이 지난 지금은 달랐다.

"시간에 따라 생물이 진화하는 건… 당연한 거지. 더 이상 야생동물을 상대로 싸워야 할 필요성이 없어진 녀석에게 긴 입은 의미가 없을 테고, 그 와중에 불도그의 매력을 짧은 입과 주름진 얼굴에서 찾는 인간들에 의해 강제로 개량당했을 테니까……."

"그… 그런 건 우수한 견종이라면……."

"애당초 견종이란 말은 사실 어울리지 않는 말이야. 이 세상에 견종이란 것이 등장한 건 불과 200년도 안 됐으니까."

개의 품종이란 것은 자연적으로 생겨난 것들일 뿐 아니라, 잡종이라 말하는 개들은 모두 순혈이라 불리는 것들의 조합이었다. 즉, 역사를 되짚어간다면 순혈이라 불리는 개조차도 본래는 그 윗세대의 잡종, 순혈의 조합일 뿐이니, 견종이란 말은 순혈 애호가들의 망상이자 욕심에 의해 나뉜 것에 불과했다.

"애당초 개의 역사에서 순혈이란 것은 최초의 개체를 제외하고는 없다고 보는 게 맞아. 조금 관대하게 보자면, 특수한 목적을 위해 몇 세기 동안 같은 종으로 길러진 개들을 제외하곤 전부 잡종이라고 하는 게 맞지. 그 이후의 순종이라는 개들은 보다 더 특이하고, 귀여운 개를 만들기 위해 이것저것 교배를 시켜 만들어낸 것들이니까."

19세기의 영국에선 한때 우생학이란 이름의 유전 개량을 목표로 한 학문이 크게 득세를 했고, 그에 따라 부유층에선 다양한 개를 만들어내는 것이 큰 유행이 되었다. 그때 만들어진 특이한 외모의 개들이 현대에 와서 순종이라 불리게 된 것이었다.

"그리고 이런 개들을 순혈이란 이름으로 유지시키기 위해 애견가들은 수도 없이 근친교배를 시켜왔지. 그 탓에 대부분의 순종이란 개들은 유전자에 의한 선천적 질병을 달고 태어나고 말이야."

"…무슨 소리야! 우리 베르난도는 건강하다고!"

"뭐, 물론 개중에 운이 좋게 건강하게 태어나는 녀석은 있기 마련이지. 하지만 불도그는 그 자체로 결함 덩어리의 개야. 근친교배 끝에 얻은 납작한 입과 코는 호흡에 불편을 주고, 어미 배 속에서부터 머리가 크게 자라는 불도그는 제왕절개를 통해서 새끼를 낳게 되지. 거기에 모든 불도그는 선천적으로 고관절 이형성증이란 병을 갖고 있어. 기대 수명도 낮지. 만약 이 개를 검진한 의사가 건강하다고 했다면, 불도그치고는 건강하다는 의미였을 뿐, 절대로 건강한 개라는 의미는 아니었을 거야."

으득.

반박할 말이 없는 탓에 대해 자존심이 상한 것인지, 나직하게 이를 가는 소리가 들려왔지만… 현실이란 때로는 불편하기 마련이었다.

"애당초 순종이란 말은 우리가 흔히 아는 보통의 잡종견보다 건강하지 못한 개라는 의미랑 다를 바 없어. 보통 순종견들은 각자의 유전적 문제를 가지고 있으니까."

"하지만… 하지만……."

"사실 이런 유전자에 의한 선천적 질환은 그냥 순혈을 포기하고 다른 종과 교배를 하는 것만으로도 사라지는 것이지만… 순혈, 순종을 따지는 사람들에겐 씨알도 안 먹힐 말이지."

언제부터였을까, 내 말에 따박따박 반박하던 목소리가 힘없는 울먹임으로 바뀐 것은.

'너무 심했나?'

고개를 푹 숙인 채 개를 내려다보는 주인과, 그 기분을 감지한 것인지 늘어진 얼굴로 주인을 올려다보는 개는 한동안 말이 없었다.

그러길 잠시.

고개를 숙이고 있던 주인이 먼저 고개를 들었다.

촤악!

길고 풍성한 머리가 광고의 한 장면처럼… 이라기보다는 그냥 너저분하게 휘날렸지만, 그녀는 신경 쓰지 않는다는 듯 얼굴을 천장 쪽으로 하고 말했다.

새빨갛게 변한 얼굴을 절대로 아무에게도 보이지 않겠다는 듯 말이다.

'뭐, 키가 큰 나한텐 오히려 잘 보이지만.'

"그, 그래서… 하고 싶은 말이 뭐야!"

바들바들.

안쓰럽게 떨리는 가녀린 몸체가 보호 본능을 자극했지만…
눈물이 그렁그렁한 얼굴을 보고 있던 나는 딱 잘라 말했다.

"그러니 개의 혈통을 가지고 괜한 부심을 부리지 말란 거지.
순혈이라는 것은 어차피 결함 덩어리 근친교배종에 불과하니까
말이야."

"으, 으으으윽……."

질끈.

터져 나오려는 무언가를 참으려는 듯 기괴한 신음과 함께 아
랫입술을 쭉 빼 올려 입을 굳게 다문 모습이 너무도 애처로워
당장에라도 소매로 눈가를 닦아주고 싶은 마음이 들었지만, 실
행으로 옮기기엔 첫 등장부터 지금까지, 당당히 허리에 걸쳐 놓
은 손이 그 자존심을 대변하고 있어 가까이 다가갈 수가 없었
다.

그때, 목까지 새빨개진 그녀가 여전히 천장을 보는 자세로 입
을 열었다.

"…테니까."

"……?"

"…지게 할 테니까……."

무언가 말을 하고 있지만… 울먹임 때문인지, 아니면 충격과 자존심의 간극에서 헤어 나오지 못한 탓이지, 잘 들리지 않는 목소리에 내가 되물었다.

"뭐라고?"

"우리 베르난도! 건강해지게 할 테니까! 운동 열심히 할 거니까!"

후다닥!

'쯧쯧, 유전적 질환이라니까.'

말이 끝나기 무섭게 개를 이끌고 순식간에 복도 저편으로 사라져 버리는 그녀의 모습을 보며 속으로 혀를 차던 내 귓가로 구경꾼들의 속삭임이 들려왔다.

수군수군.

"저건 좀… 너무한 거 아닌가?"

"평소에 조금 아니꼽긴 했지만… 그래도 저렇게 심하게는……."

도망쳐 버린 미친년에게 동정을 보내는 이들과…….

소곤소곤.

"역시 저 편입생… 뭔가 좀 위험해."

"저쪽도 정상은 아닌 거지?"

"수의사 지망이라도 하는 걸까? 그럼 우리 일반고엔 들어올 필요 없던 거 아니야?"

"바보야, 뭔가 문제가 있으니까 빽을 써서 여기 왔다고는 생각 못해봤어?!"

"그나저나, 쟤 빽이 얼마나 대단하기에 '저 애 한테 저렇게 막 대하는 거야?"

"모르긴 해도 정말 대단하겠지! 우리 학교의 '여왕님' 한테 저렇게 행동했는걸."

나의 정체와 장래 희망을 비롯한 미래에 대해 토론하는 이들.

그리고…….

속닥속닥.

소곤소곤.

"개 박사…….."

"개 박사다…….."

'개 박사라니…….'

교양을 위해 지니고 있던 지식에 대해 박사라는 과분한 평가를 내려주는 이들까지…….

다양한 의견들이 오가는 가운데 나는…….

'뭐든 간에 나한테 부정적인 얘기밖에 없잖아!'

개 박사의 의미가 좋은 것인지, 좋지 못한 것인지는 아직 불명확하지만… 다른 이야기들을 들어볼 때, 주변 여론은 분명 좋지 못한 쪽으로 흐르고 있는 게 분명했다.

게다가 좀 전의 미친년에 대해 말할 때, '여왕님'이라는 표현을 쓰는 것을 보건대… 아마도 나는 오늘 무언가 큰 잘못을 했지 싶었다.

'젠장, 이런 분위기라면 내 학교생활이…….'

불안감으로 인해 어떻게든 해명을 해야겠다는 생각에 일단은 가장 가까이 있는 무리를 향해 발걸음을 떼는 그 순간이었다.

띵동댕동— 띵동댕동.

익숙한 리듬의 종소리가 울려 퍼지고…….

우르르르르—

"……."

휑~

아무것도 남지 않은 복도 한복판에서… 모두가 사라져 간, 그리고 그 미친년이 달려갔던 복도 끝을 바라보며… 나는 한동안 그 자리에 못 박힌 듯 움직일 수가 없었다.

그리고 그날의 시험은 무슨 일이 있어도 3학년에 들어가 최단기 졸업을 하겠다는 일념하에 전 과목 만점으로 마칠 수 있었다.

Chapter 2

전설을 찾아서

훈련 50일째.

인간 마을의 위치를 찾아 필사적으로 세계수를 오르고, 불새와 죽음의 사투를 벌인 지 약 21일이 지난 오늘… 나의 일과는 이전과는 조금 달라져 있었다.

"으아아아아! 어디까지 쫓아올 셈이야!"

"너야말로 어디까지 도망갈 셈이야!"

불새의 축복을 받고 난 다음 날, 마을을 찾아 떠났다가 내 호위로 따라나섰던 벨라의 팀킬에 의해 두 번째 죽음을 맞은 계기로 한 가지 훈련 레퍼토리가 늘어나게 되었다.

그것은 바로…….

"으아아악! 자이언트 쉘! 관자다! 관자라고! 촉수야! 실드! 방패에에에에에!"

"끼야아악! 징그러!"

휘익! 퍼억!

"야, 인……."

〔사망하셨습니다.〕

마을을 벗어나 몬스터들을 대상으로 하는 공식 훈련 과정이 생긴 것이었다.

물론 결과는 항상…….

벌떡!

"…마! 나를 던지면……."

"음, 이제 온 건가?"

나의 죽음으로 끝나긴 했지만…….

어쨌든 주기적으로 마을 밖으로 나가 탈출을 시도할 수 있다는 점과…….

"흠, 오늘 기록은 한 시간… 20분. 어제보다 10분 늘었네."

"그, 그래?"

꾸준히 밖에서 살아남는 시간이 늘어나고 있다는 것은 고무적인 결과였다.

"그나저나… 널 던졌다고? 그 부분은 조금 자세히 말해줬으면 하는데……."

"그러니까 말이지, 벨라가……."

미주알고주알.

속닥속닥.

나는 오늘 죽음에 이르기까지의 일을 소상히 칸에게 보고했다. 그 목적은 죽은 순간의 상황을 참고해 모자란 부분을 수련하기 위함이지만, 오늘은 조금 다른 목적에서였다.

그리고 잠시 뒤, 헉헉거리며 돌아온 벨라가 마을로 들어서자마자 칸의 따가운 시선을 느끼며 나를 노려보았지만, 나는 그럴 때마다 놀이터에 엄마를 불러온 아이처럼 칸의 등 뒤로 숨어 어깨너머로 벨라가 혼나는 모습을 구경했다.

'뭐, 어차피 자업자득이지. 자이언트 쉘 관자 무리가 징그럽다고 날 거기에 미끼로 던지지만 않았어도 괜찮았을 테니까.'

실제로 그랬다.

지난번 호위 실패를 이유로 들어 아예 내 정식 호위로 임명된 벨라는 사실 내가 죽지 않는다는 것을 이용해 쉴드 메이든으로서의 훈련을 하는 중이었다.

본인은 단순히 벌을 받는다고 생각하는 듯싶지만, 매번 탈출 루트도 알려주지 않고 숲 한복판에서 살아남는 훈련을 시키는 칸의 행동은 내가 그 상황에서 길을 찾아 숲을 빠져나가거나 세계수로 복귀하는 것을 바란다기보다는 나를 얼마나 오랫동안 지킬 수 있는지 벨라의 능력을 시험하는 듯했다.

그 증거로 나의 방어구는 여전히 평소의 옷일 뿐이고, 무기는 예의 그 뭉툭한 단검이 전부였다.

만약 전투 능력을 키워낼 생각이라면, 초보자인 내가 그 괴물들에게 최소한의 위협이라도 가할 수 있는 날카로운 칼을 쥐어 줬을 것이다.

'아니면 엘프 비전을 수련시키는 방법도 있겠지.'

스킬 레벨이 없어 숙련도 시스템의 적용을 받지 않는 엘프 비전이지만, 훈련이 아무런 의미가 없는 것은 아니었다. 현재 내가 스킬 명을 외쳐 엘프 비전을 발동시킬 수가 없는 이유는 순전히 마나량 때문이었다.

만약 엘프 비전을 사용하고자 한다면, 엘프 비전의 동작을 따라 하여 자동으로 발동시키는 수밖에 없었다.

이는 숙달된 스킬을 스킬 명 없이 직접 사용할 시, 소모되는 마나가 최소화되는 게임 시스템을 이용한 방법으로, 일전에 나는 이를 통해 세계수에서 떨어지는 것을 멈춘 적이 있었다.

물론 스킬 유지에 필요한 마나는 그대로인 탓에 얼마 못 가 마나 부족으로 다시 추락하고 말았지만, 한 번 발동하면 버프 효과를 일으켜 육체 능력을 강화하고, 특수한 능력을 부여하는 것이 엘프 비전의 효과였다.

아주 짧은 시간이지만 이곳 케이안 숲 엘프 전사들 못지않은 움직임을 가능케 해주는 바, 엘프 비전의 기능을 활용하는 방법을 훈련시켜 주기만 해도 내 생존 시간은 대폭 늘어날 것이 분명했다.

하지만 그런 대단한 효과를 지닌 기술은 제쳐 두고 그냥 무작정 숲에다 떨어뜨려 놓기만을 반복하니… 이건 명목상 내 훈련일 뿐, 사실 벨라의 훈련이라고밖엔 볼 수 없었다.

'요즘엔 스텟도 잘 안 오르고 말이지.'

투덜투덜.

그나마 내 유일한 희망이자 칸의 훈련을 버텨내는 낙이었던 스텟 상승 알람은 최근 빈도수가 급격히 줄어들었다.

'물론 스텟 수치가 이미 초보자의 것이라고 부를 수 없을 만큼이 됐으니 성장이 느려지는 거야 당연하겠지만……'

그동안 끝을 모르고 치솟던 나의 스텟 상승 비결은 내가 가진 1번 재능인 노력가와 초보자를 위한 스텟 보정 시스템에 의한 것으로, 유저에게 초보자 단계를 벗어나는 과정이 힘들지 않게 레벨이 낮을수록 작은 행동에도 쉽게 스텟이 오르도록 해놓은 시스템이었다.

이 보정 시스템의 효과는 정말 대단해서, 만약 1레벨 캐릭터가 생성 즉시 자리에서 팔굽혀펴기를 100번만 한다면 근력 상승 메시지를 들을 수 있을 정도였다.

'물론 50번도 하기 전에 캐릭터가 쓰러질 테지만……'

하지만 그것도 일정 수치를 넘어서게 되면 그 효과가 약해지게 되어 있었다.

아니, 정확히는 스텟을 올리기 위해 필요한 운동량은 똑같았다. 다만, 스텟이 상승됨에 따라 최초의 팔굽혀펴기 100번만큼의 힘을 쓰려면 점차 보다 많은 횟수를 해야 하는 것이었다.

덕분에 이 게임 내에서 나처럼 스텟을 쌓는 경우는 없다고 보는 게 맞았다.

이는 단순히 무식한 수련들에 시간을 보내는 시간이 적어서라기보다는, 나와 같은 스텟 노가다를 하는 경우를 방지하기 위해 강제로 보정 상태에서 벗어나게 만드려는 이유에서였다.

게임의 튜토리얼을 종료하면 받게 되는 경험치는 유저들이 각자의 지역에 배정됨과 동시에 모두 2레벨부터 시작하게 만들어준다. 또한 본격적인 게임 시작 시 아주 기본적인 것만을 지급하기 때문에 게임 속에서 아사를 하고 싶은 게 아니라면 자연스레 퀘스트와 사냥을 해야만 하고, 필요 경험치가 적은 초보자 시기는 간단한 퀘스트 수행만으로도 금방 벗어나 버리기 때문에 보정을 받는 시간에는 한계가 있을 수밖에 없었다.

그러나 나는 레벨업 걱정도 없이 스텟 상승 보정을 최대치로 받는 1레벨로 한 달이 넘도록 반복 훈련을 하고 있으니… 어마어마하게 높아진 스텟 수치만큼이나 필요 운동량이 어마어마하게 늘어나 버린 것이었다.

'하지만 이래선 훈련하는 보람이 없단 말이지.'

에휴.

고달픈 훈련 속에서 아주 작은 위안을 주던 반가운 '띠링' 소리가 시간이 갈수록 멀어지는 것 같아 한숨이 절로 나왔다.

"스테이터스."

〔캐릭터 : No. 0 (넘버 제로)〕

Lv : 1
HP 25,200/25,200
MP 5,100/5,100

SP 100/100

기본
근력 173, 체력 242, 민첩 180, 지능 54, 지혜 60

특수
근성 200, 직감 20, 행운 2

눈앞의 반투명한 캐릭터 정보창은 그 간단한 디자인과 스텟 명칭에 비해 무시무시한 내용을 담고 있었다.

"흠, 대략 63레벨인가······."

리버스 라이프에서 1레벨당 주어지는 스텟 포인트는 10.

현재 내 총 스텟 포인트는 688.

그중 기본으로 주어지는 스텟 50을 제외한 스텟의 총합 638을 레벨로 환산한다면 무려 63레벨에 해당하는 수치인 것이다.

오픈 초기임을 감안하면 63레벨은 꽤나 높긴 해도 단순히 포인트만을 놓고 보았을 때의 계산인지라 실제 동급 스텟을 가진 유저들은 그보다 낮은 레벨일 테지만, 1레벨 초보자가 갖기엔 무시무시한 스텟임에는 분명했다.

'하지만⋯ 이 숲을 벗어나기엔 턱없이 모자란 수치이기도 하지.'

나의 목표는 이 숲의 자력 탈출인 바, 자동 부활 포인트 기능의 꼼수를 통해 탈출할 예정이지만, 지금의 나는 가장 약한 몬스터를 상대로도 버틸 수가 없기에 사실 꿈만 같은 이야기라고 할 수 있었다.

조금 문제가 있긴 하지만, 벨라라는 뛰어난 실력의 호위가 붙어 있음에도 버티는 시간은 고작 한 시간여.

지난번에 두 시간가량을 나아갈 수 있던 것은 천운이라고 봐도 좋았다.

'역시 무언가 획기적인 전력 상승이 있지 않고서는⋯⋯.'

요 며칠 사이 강한 동료의 힘을 똑똑히 체감한 바, 가장 좋은 방법이 있다면 당연히 호위 병력의 상승일 테지만⋯ 칸이 그런 부탁을 들어줄 리가 없었다.

애당초 벨라를 내 곁에 붙인 것도 정식 전사가 되지 못한 그녀를 수련시키려는 의도가 아니었던가.

'어쩌면 칸은 내가 영원히 숲에 있길 바라거나, 아니면 엘프식 시간 개념을 갖고 아주 길게 보고 있는 상태겠지.'

전자의 경우는 확률이 낮긴 하지만 나를 훈련용 메뉴로 잘 써먹고 있다는 것을 감안하면 가능성이 아예 없지는 않았고, 후자의 경우는 굉장히 높은 가능성을 지니고 있었다.

'게임 설정이긴 하지만 어쨌거나 몇 백 년을 사는 녀석들이니 고작 게임 시간으로 몇 달은 기초 체력 단련으로 생각하는 걸지도……'

정말 그런 것이라면… 나에게 있어서는 정말이지 불행한 일일 것이다.

칸의 변태적 사디즘 욕구를 채워줄 훈련을 미정의 기간 동안 해야 할 뿐 아니라, 그 이후엔 어떤 방식으로 진행될지 짐작조차 힘든 본격적인 수련이 기다리고 있을 터. 그 수련에서 얼마나 대단한 기술을 가르쳐 줄지는 모르겠지만, 뭐가 됐든 사양하고 싶었다.

'그렇다고 내가 이곳 숲에서 레벨을 올리는 건 불가능하지. 애당초 몬스터들 피육에 상처도 못 내는데 경험치가 들어올 리 없으니까……'

몬스터의 경험치를 분배 받기 위해선 사냥에 있어 최소한의 기여를 해야 하지만, 나에겐 그 최소한의 기여조차 허락되지 않았다.

"역시… 같이 싸워줄 사람이 더 있는 게……."

그렇게 내가 앞으로의 일정에 대해 심도 있는 고민을 하고 있는 그때, 칸에게 열심히 혼나고 있던 벨라가 자리를 박차고 일어서며 소리를 질렀다.

"나 안 해!"

"벨라!"

"도대체 나더러 어쩌라는 거야? 정식 전사가 될 레벨은 충분히 지났잖아! 방패밖에 없긴 해도 꽤 싸울 줄 안다고! 그런데 언제까지 저런 약해 빠진 인간 호위나 시킬 거야? 나 실드메이든이라면서! 실드 메이든하라면서! 최소한 내가 막아주는동안 칼질이라도 할 수 있는 녀석이랑 붙여줘야 하는 거 아니야?"

"벨라! 넌 여전히 수련이 부족해!"

"그놈의 수련! 수련! 지긋지긋해! 정작 자기도 방패는 다룰줄 모르면서 마을에 방패를 쓸 줄 아는 전사가 필요하다는 이유로 나한테 익히게 해놓고는 실드 메이든과 조합되는 전사가 없는 거 같으니 만날 이런 일만 시키고!"

실제로 벨라의 방패술은 이곳 숲에 사는 엘프들에겐 그다지필요 없는 게 맞았다.

마을의 전력 상승을 위한 의도로 방패 다루기에 재능이 있던벨라에게 방패를 들게 했지만, 가벼운 몸놀림과 숲의 지형지물을 사용하는 것을 기초로 삼는 엘프의 싸움 방식에 방패술은 어울리지 않았다.

그렇기에 칸은 그녀의 쓰임을 찾고자 많은 임무는 물론 다양한 수련을 시켜왔고, 지금의 호위 임무 역시 같은 맥락의 일이었다.

"벨라! 그건……"

"됐어! 이제 칸이 뭐라고 하든 엠페러를 만나러 갈 거야! 그리고 그에게 도전해서 동료로 삼든… 아니면 그에게 죽든 할 거라고!"

파앗!

"벨라! 잠깐!"

'…어쩐지 사춘기 딸과 아버지의 모습 같군.'

들기로는 칸의 나이가 보기와 달리 굉장히 많아 실제로 어린 나이에 장가를 갔다면 벨라만 한 아이가 있을 거라는 말을 심심치 않게 들긴 했지만… 실제로 다투는 모습을 보고 있자니 정말 부녀지간이 아닌가 의심이 될 만큼 사연스러운 모습이었다.

'그나저나 엠페러라……'

벨라의 신세 한탄이 가득한 안타까운 사연을 들은 나지만… 내 귀에 남은 것은 단 하나, 엠페러라는 이름이었다.

'엠페러에게 도전하고… 동료가 된다는 말이지?'

그 엠페러라는 것이 얼마나 대단한 인물인지는 알 수 없지만,

이름부터가 황제를 의미하는 엠페러일 뿐 아니라 이곳 엘프 마을에서 방어력이라면 첫손에 꼽히는 벨라가 자신의 죽음을 언급할 정도였으니 분명 발군의 공격력을 지닌 전사일 가능성이 컸다.

'조금 더 알아볼까?'

나는 문을 박차고 나간 벨라를 쫓을 생각도 못한 채 망연한 표정으로 서 있는 칸에게 다가가서 마치 그의 지금 심경에 공감한다는 듯 심유한 표정으로 은근슬쩍 물음을 던졌다.

"문제겠어……."

"그래, 아직 어린 탓이겠지… 어쩌면 벨라에게 너무 큰 짐을 지운 것일 수도 있고."

"자신을 희생해야 하는 실드 메이든이니 스스로 마음먹기 전에 강요하는 건 조금 어려운 일일지도 모르겠지만… 나는 너도, 벨라도 응원하는 입장이니까."

"후후, 설마하니 살면서 인간에게 위로를 받게 될 줄이야. 그것도 너처럼 어린 인간에게… 인간들은 우리더러 지혜로운 종족이라고 하는데 말이지."

"인간도 인간 나름이지."

으쓱.

분명 인간은 나이가 많을수록 지혜로운 사람들이 많았다.

살아온 세월만큼이나 많은 것을 보고, 듣고, 겪은 만큼 그들이 전하는 말의 무게가 다른 것이다. 아마 이곳 리버스 라이프의 세상에서 엘프들을 지혜롭다 말하는 것도 같은 맥락에서일 것이다.

하지만 어디에나 예외는 있는 법.

어린 나이라고 하더라도 살아온 방식에 따라 나이 든 사람보다 더욱 지혜로울 수도 있었다.

굴곡진 18년을 살아온 사람이라면, 평탄한 100년을 살아온 사람과 인생의 지혜를 논하기에 부족함이 없다고 나는 생각하고 있으니 말이다.

'물론 지금의 경우에는 그런 거창한 지혜가 필요 없겠지만.'

어쨌거나 이런 분위기에선 단도직입적으로 필요한 것만을 물어보는 것보다는 이렇게 분위기에 녹아들어 자연스럽게 물음을 던지는 것이 좋은 방법이었다.

"크흠, 그나저나… 아까 엠페러라는 걸 얘기하던데……."

빠안—

나의 물음에 어째선지 뜨거운 시선을 보내는 칸.

그런 탓에 나도 모르게 시선을 피할 뻔했지만, 수년간 사회물을 먹으며 익혀온 철면피신공은 충분히 그 효과를 발휘했다.

"후후, 그래, 궁금할 만도 하겠지. 엠페러… 그것은 한마디로 정의하자면… 환상의 동물이지."

"환상의 동물? 불새처럼?"

내가 아는 가장 환상에 가까운 존재인 불새로 예를 들어 물었지만, 칸은 가만히 고개를 저었다.

절레절레.

"불새는 그 서식지나 생활 패턴까지 알려졌을 만큼 확실히 존재가 입증된 녀석이야. 이 숲의 지배자니까 말이지. 하지만 엠페러는 아예 그 존재조차 명확하지 않아. 그 모습만이 전설처럼 전해질 뿐이지."

"…벨라는 그런 전설에 목숨을 걸겠다고 하는 건가?"

"뭐… 굳이 따지자면 꽤나 신빙성 있는 전설이긴 해. 그 동물의 모습이 굉장히 구체적으로 알려져 있기도 하고… 몇 대 전에는 실제로 그 동물을 봤다는 내용이 적힌 선조의 일기가 발견되기도 했고… 또 대대로 내려오는 전설 중엔 그 동물과의 단 한 번의 승부에서 이기면 목숨이 다하는 순간까지 승자를 섬긴다는 전설이 함께했거든. 물론 아무도 진위 여부는 가리지 못했지만, 한순간에 강해지길 원하는 어린아이들은 꿈꿔볼 만한 전설이긴 하지."

'한순간에 강해진다?'

그야말로 군침이 도는 얘기가 아닐 수 없었다.

물론 그 진위 여부도 확실치 않은 전설에 불과하지만, 어차피 밀져야 본전 아니던가.

여전히 나는 잃을 것이 없고, 필요한 것만 잔뜩 있는 상황.

그 승부가 무엇인지, 어떻게 진행되는지 알 수는 없지만, 내가 도전해 봐서 손해일 것은 없었다.

그때, 그런 내 생각을 읽기라도 한 듯 칸이 나를 제지했다.

"혹여나 도전할 생각은 하지 마라."

뜨끔.

"…왜?"

순간, 찔끔한 표정을 짓던 나지만, 다행인지 불행인지 칸은 나를 보지 않고 말을 이어 나갔다.

"말했다시피 전설일 뿐이야. 힘은 스스로 쌓아 나가야 하지, 신외지물에 기대려 들어선 안 돼. 테이머나 정령사도 아닌데 그런 흉포하게 생긴 생물을 다루려고 했다간 본인만 다치고 말 거야."

칸은 계속 전설일 뿐이라며 나를 만류했지만, 어째선지 말투는 마치 그 동물이 실존하고 있다는 것을 확신하는 듯했다.

'뭔가 있군…….'

칸이 숨기고 있는 것이 있음을 깨달은 나는 슬쩍 웃음이 나오려는 것을 참으며, 그의 주의를 돌리고자 물었다.

"흉포하다고?"

"…그래. 전설에 따르면, 그 생물은 새카만 머리와 어두운 눈으로 모든 것을 내려다보며 날카로운 부리와 수백 개의 뾰족한 이빨, 뾰족하고 날카로운 날개로 눈앞의 모든 것을 포식한다고 알려져 있지."

"새카만 머리, 어두운 눈, 날카로운 부리와 수백 개의 이빨… 그리고 뾰족하고 날카로운 날개라……."

쉽게 상상이 가지 않는 모습이었다,

부리와 날개가 있다면 조류일 거라 생각되지만, 수백 개의 이빨, 그리고 깃털에 덮인 것과는 먼 이미지의 날개 묘사는 쉽게 연결 짓기가 어려운 모습이었다.

'흠, 궁금해지네.'

엠페러라는 동물의 힘과는 별개로 그 외모가 궁금해졌다.

그때, 이야기를 마친 칸이 자리에서 일어나며 말했다.

"어쨌거나 너만이라도 수련에 충실했으면 좋겠어. 되도록 그 동물이 있다는 북쪽 숲 방향으로는 가지 말고… 벨라가 언제 돌아올지는 모르겠지만, 그 녀석이 돌아올 때까진 밑에 내려가 수련하는 것은 하지 않아도 좋아."

'음… 이건 또 기회인가?'

지금 칸이 한 말로 인해 나에게 단숨에 두 가지 기회가 찾아왔다.

첫째는 북쪽 숲.

그 엄청난 힘을 지닌 환상의 동물이 북쪽 숲에 있다는 정보는 나에게 엠페러를 찾으러 가는 선택지를 만들어줬다.

둘째는 벨라의 부재.

벨라와 함께한 요 며칠간의 숲속 생존 훈련은 내가 약한 탓에 모두 죽음으로 끝났지만, 이는 호위라는 것에 익숙하지 못한 벨라의 실수가 대부분의 이유였다. 게다가 버티는 시간은 연일 늘고 있지만, 훈련 장소가 한정된 탓에 본래의 계획이던 최대한 멀리 나가 죽기는 거의 시도를 해보지 못하고 있던 상태. 벨라가 없는 지금이라면 그 방법에 도전해 볼 수 있었다.

다만, 한 가지 문제가 있다면……

'둘 중 하나밖에 선택하지 못한다는 것이지.'

북쪽 숲의 엠페러를 찾으러 가는 길이 쉽지 않을 거라는 것은 분명했다.

아니, 분명 자력으로 그곳을 찾아가는 것은 불가능한 일일 것이었다.

하지만… 아직 그리 멀리 가지 않았을 벨라와 함께 간다면 영

불가능한 일만도 아니었다.

앞서 말했다시피 벨라는 여전히 호위를 하기엔 실수가 많지만 그 실력은 어엿한 엘프 전사급인 바, 북쪽 숲의 몬스터들도 문제가 되지 않을 터였다.

나를 호위하기 위해 뒤에서 쫓아오는 벨라가 아니라, 전면에서 몬스터와 싸우는 벨라의 뒤를 따라 움직이는 것은 어렵지 않을 터였다.

하지만 이 경우 벨라의 모험에 동참한다는 뜻으로, 숲을 나가는 실험을 해보는 것은 불가능했다.

특히나 북쪽 숲은 일전에 세계수에 올라가 확인했던 방향으로, 하얗게 서리가 낀 숲 지형이었다.

'그런 곳 한가운데에 마을이 있을 리 없으니… 벨라를 선택한다면 마을 탈출 계획은 시도도 하기 힘들겠지.'

결국 둘 중 하나만을 선택해야 하는 상황.

하지만 대답은 정해져 있는 것이나 마찬가지였다.

'어차피 둘 중 하나라면 이번밖에 기회가 없는 쪽이 낫겠지?'

뭐, 엘프 마을에 구전되는 전설이나, 어딘지도 모를 인간의 마을 위치를 찾아 자살하는 것이나 확률은 매한가지일 테지만, 어차피 둘 중 하나를 고르라면 지금밖에는 기회가 없을 전자에 도전하는 게 더 나았다.

후자는 벨라가 없으면 언제고 다시 시도할 수 있으니, 만약 정말로 벨라가 죽기라도 한다면 언제고 시도할 수 있는 일이 될 터였다.

'나름 며칠 동고동락하면서 정이 들긴 했지만… 어쩔 수 없지.'

어차피 이곳은 게임 속 가상의 세계.

나름 친해진 NPC이긴 하나 어차피 소모성 데이터 조각에 불과했다.

이런 내 생각이 냉정하다 생각될지도 모르지만, 그게 당연한 일이었다.

리버스 라이프에서는 몇몇 특별한 경우를 제외하고 NPC가 죽으면 그 자리를 대체하는 또 다른 NPC가 생겨나는 바, NPC의 죽음은 이상할 것도, 특별할 것도 없는 일이었다.

'어차피 게임이잖아?'

결심을 굳힌 나는 씁쓸한 표정을 지으며 집 밖으로 나서는 칸의 뒤를 따랐다.

본래 이 시간은 자유 훈련 시간.

정확히는 나와 벨라의 최대 생존 시간을 두 시간으로 잡고 훈련을 하는 탓에 그보다 일찍 죽어 귀환할 경우 남는 시간을 자율 훈련으로 채우는 것이지만, 단 한 번도 두 시간 생존에 성공해 본 일이 없기에 사실상 정기적으로 하는 훈련이나 마찬가지였다.

나는 슬그머니 칸의 눈을 피해 마을 밖으로 향하는 세계수의 넝쿨에 매달렸다.

칸은 눈치채지 못한 것인지, 아니면 신경 쓰지 않겠다는 것인지 그런 나를 두고 어디론가 가버렸다.

'흠… 내가 나가는 걸 모를 리는 없으니, 방관하겠다는 것일 터. 엠페러를 찾을 수 없으리라고 생각하는 건가?'

하기야 그렇게 생각하는 게 맞았다.

전설이 괜히 전설이고, 환상이 괜히 환상이겠는가.

이곳 리버스 라이프의 치밀한 게임 설정을 보건대, 저런 전설이 그저 옛이야기만은 아닐 가능성이 높지만, 그걸 찾는 것은 별개의 이야기였다.

고작 1레벨 초보자와 실드 메이든이라는 특이한 직업의 엘프 전사 하나가 찾기엔 힘든 일이었다.

'뭐, 그렇다고 포기할 생각은 없지만.'

어차피 밑져야 본전.

사실상 막장이나 다름없는 게임 속 인생이니, 하겠다고 마음먹은 것을 안 할 이유가 없었다.

파바바바박!

"자, 그럼 어느 방향으로 갔는지 좀 볼까……."

세계수를 오르내린 지도 어느새 게임 시간으로 두 달여.

중급 벽 타기 스킬 효과를 받는 나의 움직임은 이미 그 속도만으론 엘프와 비견될 정도였다.

"흐음, 정확히 직선 방향으로 갔군."

세계수의 덩굴 위에서 북쪽 방향을 바라본 나는 지면에 내려와 숲에 새로 생겨난 길을 보면서 혀를 찼다.

주르르륵— 탁!

"쯧쯧, 혼자 내버려 두면 저렇게 센 걸 굳이 호위 훈련을 시키겠다고……."

초토화된 바닥과 주변에 흩어진 몬스터의 잔해를 보는 나의 눈에 아쉬움이 스쳤다.

'저걸 가져갈 수만 있다면 정말 좋을 텐데…….'

최근에서야 알게 된 사실이지만, NPC가 사냥한 몬스터는 사냥 시 기여도가 없다면 전리품을 얻을 수가 없었다.

물론 NPC 본인들은 몬스터로부터 가죽, 뼈, 이빨 등 다양한 아이템을 채취하지만, 그렇게 얻게 된 물품들은 상점에 팔려 아이템이 되기 전에는 인벤토리에 넣을 수가 없기 때문에 그 소지에 있어 큰 불편을 겪을 수밖에 없었다.

물론 물건 상태의 아이템도 그 가치는 동등하기 때문에 상점에 가져간다면야 같은 값을 받지만, 보통 비싼 값에 거래되는 몬스터의 피나 가죽은 부피도 크고 보관이 힘든 탓에 NPC가 잡은 몬스터의 부속물을 가져가 파는 것은 현명하지 못했다.

　물론 이 역시 리버스 라이프의 시장경제를 위해 먼 미래를 내다본 조치임이 분명하지만, 이 숲을 벗어나 저 남쪽 나라의 파라다이스에서 놀고먹는 것이 목표인 나에겐 당장 한 푼이 아쉬웠다.

　'거기에 완전히 무일푼 신세라면…….'

　이 게임을 시작한 지 게임 시간으로 두 달여. 그간 내 인벤토리에 들어온 아이템은 수련도중 얻은 뭉툭한 단검과 매일같이 수련복으로 입고 있는 펑퍼짐한 옷, 그리고 가끔 길을 걷다 보면 줍게 되는 나무 열매 정도였다.

　'나 게임하고 있는 거 맞지?'

　만약 명령어로 내 스테이터스를 확인할 수 있는 게 아니었다면 혹시나 어느 소설의 주인공마냥 다른 세상에 떨어진 것은 아닐까 고민했으리라.

　"일단 이 길을 쭉 따라가면 되겠군."

　우득, 우드득.

나는 북쪽을 향해 길게 나 있는 고속도로를 보며 몸을 풀었다.

갑작스레 튀어나오는 몬스터를 상대하며 움직이는 벨라지만, 엘프이기에 숲길을 달리는 나보다는 무조건 빠를 게 분명했다.

게다가 스텟과 레벨 차이에서 오는 스태미나의 총량을 생각하면, 아마 지금부터 부지런히 따라가야 합류할 수 있을 것이었다.

"어디 그럼… 응?"

격한 운동이 예상되는 만큼 꼼꼼히 몸을 풀던 나는 길가에 나뒹구는 몬스터의 사체를 보며 슬쩍 눈살을 찌푸렸다.

'자이언트 쉘인가……. 오늘 저놈들 때문에 갈굼당해서인지 거창하게도 부숴놨네.'

이 숲에선 평범한 잡몹인 자이언트 쉘이기에 세계수 근처에 그 시체가 있는 게 이상하진 않지만, 껍질 한복판이 움푹 들어가 녀석이 자랑하는 관자마저 축 늘어져 있는 모습은 몬스터임에도 안쓰럽기 그지없었다.

"근데… 저게 뭐지?"

속으로 자이언트 쉘의 명복을 빌어주던 나는 문득 녀석의 잔해 틈새로 영롱한 빛이 흘러나오는 것을 볼 수 있었다.

'관자…인가?'

자이언트 쉘은 고열로 빛나는 관자를 이용해 적을 위협하기도, 혹은 적을 꾀어내기도 하는 몬스터였다. 하지만 그 빛의 원천은 하루 종일 햇볕을 쬐며 모으는 열기인 바, 죽어버린 자이언트 쉘의 관자는 빛이 나지 않는 게 정상이었다.

뿐만 아니라 자이언트 쉘의 관자는 햇빛을 닮은 백광을 뿜어내지, 저렇게 영롱한 빛을 흘리지 않았다.

"…괜찮겠지?"

주춤주춤.

혹시라도 아직 살아 있는 것이라면 목숨이 위험할 테지만, 사실 죽어봐야 곧장 저 위의 마을에서 부활하는 것뿐이니 시간에 문제는 없을 터.

아직 익숙해지지 못한 죽음의 공포가 내 발걸음을 무겁게 했지만, 몬스터 사체에서 흘러나오는 광채는 그런 두려움마저 잊게 했다.

바스락.

무거운 조개의 껍질 조각들이 들어 올려지고, 이내 그 틈새로부터 영롱한 광채가 흘러나오기 시작했다.

"이건… 진주?"

자이언트 쉘의 처참한 사체 틈새에서 흘러나오던 영롱한 광채의 정체는 바로 진주였다.

"근데… 이런 녀석들한테도 진주가 생기는 건가……?"

자이언트 쉘이 말 그대로 커다란 조개이긴 하지만… 숲속을 제 발로 걸어 다니는 모습을 보다 보면 과연 저것이 조개라고 부를 수 있는 것인가 하는 생각이 들 때가 많았다.

"흠, 이 정도라면……."

자이언트 쉘의 시체에서 발견한 진주는 내 주먹만 한 크기라 저렇게 커다란 조개에서 나왔다고 하기엔 작았지만, 이 정도라면 큰 불편 없이 가지고 다닐 수 있을 듯싶었다.

'후후, 천연 진주란 말이지.'

천연 진주가 전해 주는 거친 촉감을 느끼며 나는 이내 그걸 그간 아무런 역할도 하지 못하던 바지 주머니 속에 집어넣었다.

벨라에 의해 죽은 몬스터에서 나온 것이라 아이템화되지 않아 물건 상태로 지니고 있어야 하기 때문이었다. 그런 탓에 바지의 안쪽에선 새로 나타난 알(?)이 자리를 잡느라 분주해졌지만, 천연 진주가 지닌 가치는 그런 불편함을 잊게 했다.

"이거, 예상치 못한 이득이네."

벨라를 따라가기로 마음먹고 내려오자마자 생긴 불로소득은 어쩐지 오늘의 모험 성공을 예견하는 것 같았다.

"으히히."

덜렁덜렁.

그렇게 숲에 나타난 새로운 길을 따라 한 남자가 바지 속 무언가를 덜렁이며 밝은 표정으로 달려 나갔다.

띠링—

〔행운이 1 올랐습니다.〕

Chapter 3

엄떼러

끝을 모르는 숲속의 길.

그곳을 내달리는 녹색 옷의 한 남자.

그리고 그 뒤를 따르는 수많은 몬스터 무리들.

몬스터의 선두에서 무시무시한 속도로 질주하는 남자로부터 뇌성벽력과 같은 외침이 울려 퍼졌다.

"사람 살려!"

그 울부짖음이 몬스터들에게 닿은 것일까.

그 뒤를 따르는 몬스터들로부터 각종 포효가 뒤따랐다.

꾸이이익!

키에에엑!

끼아악!

먹는다! 인간!

…….

수도 없이 다양한 몬스터들의 괴성이 울려 퍼지는 가운데…

그들 앞에서 내달리며 정말로 울기 직전이 된 나는 등 뒤로 느

껴지는 무시무시한 기세에 허공을 향해 칼을 필사적으로 휘둘

렀다.

부오오오—

〔엘프 비전이 발동합니다.〕

〔숲에서 몸이 50% 가벼워집니다.〕

〔민첩성이 200 증가합니다.〕

〔체력이 100 증가합니다.〕

〔근력이 100 증가합니다.〕

"오오오! 드디어!"

이 순간을 얼마나 기다렸던가.

이 숲길을 지나며 벌써 몇 번이나 발동시킨 엘프 비전이 다시

활성화되며 내 몸을 몬스터들로부터 점차 떼어놓기 시작했다.

'하지만 이것도 오래 못 가겠지… 제발 마나가 다 떨어지기 전에 도착할 수 있기를……!'

엘프 비전의 초당 마나 소모 속도는 50.

이 순간을 위해 열심히 모아온 마나는 1,000 남짓이었다.

초보자용 회복 효과를 받는다면 약 25초가량 유지할 수 있는 마나로 그 정도 시간이면 몬스터들을 모두 떼어놓기에는 충분한 시간이겠지만… 사실 나는 어느 정도 체념한 상태였다.

비슷한 상황이 이미 몇 번이고 있었기 때문이다.

'제길, 이럴 줄 알았으면 그냥 마을 찾거나 하는 건데…….'

처음엔 진주도 주웠겠다, 보무도 당당히 벨라를 따라 나선 나지만, 한 가지 생각하지 못한 게 있었다.

그것은 바로 몬스터의 리젠 속도.

벨라에 의해 초토화된 숲의 몬스터들이지만, 게임 속 세상답게 일정 시간이 지나 시체가 사라지면, 다시 그 부근에서 생성되기 마련이었다.

몬스터가 더 이상 나타나지 않는다면 게임의 진행 자체가 불가능해질 테니, 이는 당연한 일이었다.

그 말인즉슨, 사체가 사라지기 전이라면 주변엔 몬스터가 없다는 의미이니, 나는 벨라가 쓰러뜨려 놓은 몬스터들의 흔적을 따라 유유자적 걸음을 옮겨 나갔다.

하지만…….

'젠장! 리젠 속도가 이렇게 빠를 줄 누가 알았겠냐고!'

역시 고레벨 필드라는 것일까.

유유히 길을 따라가던 나는 눈앞에서 순차적으로 사라져 버리는 몬스터 시체들을 보며 직감적으로 위험을 느끼고 온 힘을 다해 달렸다.

하지만 아무리 비상식적인 스탯을 가진 나라도 엄연히 한계는 존재했다.

그때마다 엘프 비전을 통해 간신히 위기에서 빠져나왔지만, 최대 마나 상태에서 발동하더라도 3분조차 사용하지 못하는 엘프 비전은 이미 한계였다.

마나의 회복 속도를 생각해 보건대, 만약 이번 엘프 비전이 끝날 동안 벨라를 만나거나 이 길의 끝에 도달하는 게 아니라면, 다음에 눈을 뜨는 곳은 엘프 마을의 내 집이리라.

'안 돼! 절대 그럴 수는 없지!'

덜렁덜렁.

덜렁이는 바지춤을 잡아 올린 나는 한 번 더 의지를 불태웠다.

평소라면 이쯤에서 자포자기하고 쓰러졌을지도 모르지만…지금은 아니었다.

최소한 지금 바지에 들어 있는 이 녀석을 해결하기 전까진 절대로 죽을 수 없었다. 절대로 죽어서는 안 될 일이었다.

이 물건은 단순히 고가의 귀중품 정도가 아니라… 이 숲을 나갔을 때 무일푼, 땡전 한 푼 없는 나를 파라다이스로 이끌어줄 희망이자 미래였기 때문이다.

'이렇게 죽어줄 수는 없지!'

"우라아아아압!"

그 순간.

빰빠바밤!

〔생존 본능을 습득하셨습니다.〕

〔생존 본능 ― 달리기가 활성화됩니다.〕

〔달리는 속도가 10% 증가합니다.〕

〔생존 본능 ― 전력 질주가 활성화됩니다.〕

〔등 뒤에 적이 있을 경우, 달리는 속도가 30% 상승합니다.〕

〔벽 타기 스킬이 생존 본능 스킬에 통합됩니다.〕

"이건 또 뭐야?"

뜬금없이 나타나 시야를 가리는 알림 창에 순간 균형을 잃고 넘어질 뻔했지만, 눈에 띄게 빨라진 달리기 속도에 불평이 쏙 들어가 버렸다.

'뭔지는 모르겠지만… 뭐든 생기면 좋지!'

궁금한 스킬 창에 한 줄 추가된, 생존 본능이라는 패시브 스킬은 위기 상황에 빠졌을 때 추가적인 스탯이나 능력이 향상되는 굉장한 고급 스킬로, 위험천만한 전투 상황에서 죽음을 비켜갈 수 있게 해줄 만큼 대단한 스킬이라고 할 수 있었다.

하지만 그 뛰어난 효과만큼이나 얻기도 굉장히 힘든 스킬로, 그 조건이 지극히 까다로웠다.

먼저 특수 스탯인 근성, 직감, 행운 중 두 가지 이상의 스탯을 습득해야만 하고, 수치의 합이 100이 넘어야만 하며, 죽음 직전의 위기 상황에 30번 이상 직면해야만 습득할 수 있는, 아주 특수한 히든 스킬이었다.

특히나 마지막 조건인 위기 상황 30회는 리버스 라이프를 움직이는 메인 컴퓨터의 아주 까다로운 판정 아래 카운트되는 것이기 때문에 인위적으로 위험을 만든다든지 하는 것은 씨알도 안 먹히는, 정말이지 얻기 힘든 스킬이었다.

물론 나는 이런 것을 전혀 모르긴 했지만…….

'빠르다! 이거라면 충분히 도망칠 수 있겠어!'

그저 좀 전보다 훨씬 빨라진 속도에 감탄하며 앞으로 내달릴

뿐이었다.

"후우… 좋아, 하늘이 돕는군. 게다가 추위도 타지 않으니……."

나는 한결 여유로워진 마음으로 주변을 하얗게 물들이고 있는, 서리 낀 숲의 전경을 바라보면서 이런 추위 속에서도 포근함을 느끼는 몸 상태에 만족스러워했다.

일전에 불새가 남겨준 축복은 사실 굉장한 효과를 지니고 있었다.

비록 눈에 띄는 스텟 상승은 없지만, 추위와 더위를 느끼지 않는 능력은 정말이지 대단하다고 할 수 있었다.

리버스 라이프는 판타지 세상을 배경으로 하는 게임인 만큼 제대로 즐기고자 한다면 각종 오지를 모험하는 것이 필수라고 할 수 있었다.

그런 오지들 중에는 살인적인 열기로 가득한 사막도 있고, 한 줌 바람으로 뼛속까지 시리게 할 얼음의 대륙도 있었다. 그렇기에 그런 특별한 지형에서 활동을 하고자 한다면 특별한 스킬이나 특별한 아이템을 필요로 하고, 만약 그런 것이 없다면 혹독한 자연환경으로부터 몸을 지키기 위해 다양한 준비를 해야만 했다.

하지만 불새의 축복을 받은 나는 스킬 사용에 필요한 마나나

고가의 아이템, 인벤토리 한가득 필요한 준비물 없이 맨몸으로도 그곳 지형들을 돌아다닐 수 있는 것이었다.

이런 효과는 게임의 후반에 이르러 그런 지형들이 주요 사냥터가 되는 고레벨 유저에게 어마어마한 혜택이니, 불새의 축복은 아이템으로 치면 거의 레전더리급에 이르는 초고급 아이템이라고 할 수 있었다.

거기에 덤으로 화속성 피해를 대폭 줄여주는 속성 친화도를 500이나 올려주니, 가히 최고의 축복이었다.

물론 그 엄청난 옵션만큼이나 습득 난이도도 천운이 따라주지 않는 이상 얻는 게 불가능에 가깝지만, 어처구니없게도 정말로 천운(본인은 불행이라 생각하는)이 따른 덕분에 얻을 수 있었다.

물론 이런 엄청난 가치를 알아보기엔 나의 게임 경험이 일천하지만, 최소한 지금 이 순간은 누구보다 만족하고 있었다.

〔마나가 부족합니다.〕
〔엘프 비전이 해제됩니다.〕

"…벌써 그렇게 됐나?"

어느새 1,000 남짓의 마나가 모두 사라지고 엘프 비전이 해

제되자, 다시 무력감이 찾아왔다.

물론 생존 본능이라는 새로운 스킬에 의해 달리기 속도는 여전히 조금 더 빨라져 있지만, 몬스터들과 멀리 떨어져 '적이 뒤에 있는' 이라는 조건이 충족되지 못하는 지금, 나는 달리기 속도 상승 10%의 효과만을 받는지라 큰 차이를 느끼기 힘들었다.

'그래도 이만하면 한동안 몬스터들이 따라붙지 못할 테니, 다음 엘프 비전 사용까지 버틸 수 있겠군.'

그렇게 마나 회복량과 다음 엘프 비전 사용까지의 시간을 계산하며 걸음을 옮기던 찰나.

나는 문득 주변 분위기가 변했음을 느꼈다.

"…춥다?"

몸속을 파고드는 한기, 폐부를 얼려 버릴 것만 같은 서늘함이 가슴을 스치고 지나갔다.

그 추위는 천천히 올라오는 체온에 의해 서서히 녹아내렸지만, 그 감각만큼은 여전히 생생했다.

"이건… 날씨가 아니군."

지금 내 몸을 한기로부터 지켜주는 불새의 축복이 어디까지 영향을 미치는지 정확히 알 수는 없지만, 분명한 건 자연스레 생겨나는 기온의 차이는 추위든 더위든 느끼지 않는다는 것이다.

하지만 지금 한 순간, 나는 분명한 한기를 느꼈고, 그것은 자연스레 형성된 상황이 아님을 뜻하는 것이었다.

저벅저벅.

"설마… 도착한 건가?"

싸늘함을 느낀 곳으로부터 몇 걸음.

언제부터인가 시야를 가리고 있던, 차갑고도 짙은 안개를 헤치고 지나가자 숲 한복판에 거대한 원형의 공터가 있는 것을 발견할 수 있었다.

'이곳이… 그 엠페러가 있다는 곳인가?'

공터 안쪽으로 들어서자 그토록 짙던 안개가 옅어지며 주변을 살필 수 있게 되었지만, 그저 황량한 벌판만이 존재할 뿐, 그 어디에도 엠페러의 흔적은 보이지 않았다.

'그러고 보니 벨라는……?'

나보다 훨씬 빨리 이곳에 도착했을 벨라다.

만약 벨라와 엠페러가 싸움을 벌였다면 굉장히 격렬한 전투가 벌어졌을 터.

하지만 그 어느 곳에도 벨라의 모습은 보이지 않았고, 싸움의 흔적 역시 남아 있지 않았다.

'…길을 잘못 든 걸까?'

조금 이상하다고 생각하긴 했다.

그토록 대단한 전설의 동물이 있다고 하기엔 이곳은 세계수를 기준으로 그리 멀지도 않고, 하얗게 뒤덮인 북쪽 숲에서도 꽤나 떨어진 곳에 위치해 있기 때문이다.

보통의 게임에서 보스 몬스터가 던전의 가장 깊은 곳에 있는 것과는 사뭇 다른 모습인 것이다.

"그렇다고 아무것도 아니라고 넘기기엔 너무 이질적이란 말이지."

하지만 정확히 공터를 감싼 차갑고도 짙은 안개는 그것이 무엇이든 간에 비밀을 지니고 있음을 알려주었다.

'어딘가 비밀 통로 같은 게 있는 걸까?'

꽤나 가능성이 높은 이야기였다.

이렇게 넓은 공간이라면 어딘가 지하로 통하는 입구가 있다고 해도 전혀 이상할 게 없었다.

만약 벨라가 그 입구를 찾아 들어갔다면 이곳에 흔적이 없는 것도 이해가 갔다.

"공터를 나가 다른 길을 갔다면 어딘가 또 나무가 부러져 있을 테지만… 그런 것도 아니니 일단 여길 찾아보는 게 맞겠지."

벨라의 폭주에 의한 흔적으로 길 안내를 받고 있던 나로선 어차피 달리 갈 수 있는 곳이 없기에 선택의 여지가 없었다.

바스락바스락.

'혹시 놓치는 게 있을까 싶어서 바깥쪽부터 탐색 중이긴 한데… 역시 아무것도 없나?'

하지만 그 형태는 물론, 존재부터가 수상한 공터였다.

어디에 무엇이 숨겨져 있대도 이상하지 않은 만큼 나로선 최선을 다해 찾는 수밖에 없었다.

그렇게 공터의 외곽에서부터 원을 그리며 안쪽을 향하는 나의 발걸음에 맞춰 새하얀 서리가 내려앉은 바닥의 풀들이 가볍게 부스러졌다.

그리고…….

"응? 부스러져?"

나는 바닥의 풀들을 조금 집어 올렸다. 그러자 손에 닿은 풀들이 마치 얼음으로 조각한 것마냥 깨져 나가며 허공에 흩날렸다.

"이거……."

나는 부스러진 풀을 기점으로 공터의 외곽을 향해 몇 걸음 옮겨보았고, 그와 동시에 내 발소리가 달라졌다.

사박사박.

두터운 잔디를 밟는 감촉과 함께 들려오는 그 소리는 확실히 조금 전 부스러지는 풀들을 밟을 때와는 확연한 차이를 보이고 있었다.

나는 자리에 엎드려 주변을 자세히 살펴봤고, 이내 그 소리의 경계를 확인할 수 있었다.

"…여기부터인가?"

아주 미세한 차이지만, 그 경계를 중심으로 조금 더 짙은 하얀색의 부스러지는 풀과 하얀 서리가 앉은 모습의 살아 있는 풀이 존재하고 있었다.

"공터 가운데를 중심으로… 동심원을 그리는군."

색을 구분하여 시야를 넓게 보자 공터 중심에서 원형으로 형성된, 얼어붙은 풀들이 눈에 들어오기 시작했다.

'그러고 보니… 얼어 있는 풀들은 전부 바깥쪽으로 누워 있군. 아마도 공터 중심에서 무언가가 퍼져 나왔다는 거겠지.'

문득 소름이 돋았다.

무엇인지 짐작조차 할 수 없지만, 살아 있는 풀이 바람에 나부끼는 모양 그대로 얼어붙어 부서질 정도로 미지의 힘을 지닌 존재가 이곳에 있는 게 분명했다.

그리고 아마도… 벨라는 그 무언가에 당했을 확률이 컸다.

'그만한 힘이라면 벨라가 흔적도 없이 부서졌다고 해도… 이상할 건 없겠지.'

물론 그 힘이란 걸 겪어보지 못한 나지만, 당장 눈앞에 있는 얼어붙은 풀들만 봐도 벨라의 싸움이 어땠을지 훤히 보였다.

'피할 수는 없겠지…….'

솔직히 말해 내 마음은 이미 세계수의 아늑한 내 집으로 달려가고 있지만, 그것이 불가능하다는 냉혹한 현실이 나를 공터의 중심으로 이끌었다.

애당초 귀환에 대해서는 벨라의 도움으로 돌아가거나 죽어서가는 것, 두 가지 선택지밖에 없는 나였다. 엠페러에 대한 것도 호기심과 '어쩌면'이라는 막연한 생각 때문에 겸사겸사 찾아온 것이지, 사실 대단한 의미를 두고 있지는 않았다.

애당초 확신을 갖고 온 것이 아니었으니 말이다.

바스락, 바스락…….

그렇게 한 발, 한 발 공터의 중심으로 향하던 내 시야에 지금 껏 보지 못했던 무언가가 들어왔다.

'기다란 돌… 그리고 저건 사람?'

외곽에서 봤을 땐 아무렇지 않게 잘 보이던 공터의 중심이 얼어붙은 풀의 영역에 들어서니 안개가 짙어지며 잘 보이지 않게 되었다.

아마도 무언가 특별한 힘이 작용하는 듯하지만, 그것에 대해 궁금해하기에는 우두커니 서 있는 사람 크기의 돌과 그 옆에 누워 있는 사람의 모습에 더 관심이 갔다.

'저건… 벨라의 방패! 그렇다면!'

다다닷!

안개 때문에 여전히 정확한 모습은 보이지 않지만, 작은 동산 처럼 솟은 타워 실드는 요 며칠간 수도 없이 봐온 만큼 그 존재만으로 옆에 누운 사람이 누구인지 짐작케 해주었다.

"벨……!"

우뚝!

빠르게 달려가던 순간, 벨라 옆에 가만히 서 있는 것처럼 보이던 길쭉한 돌이 아주 미세하게 움직이고 있음을 발견하며 직감적으로 멈춰 섰다.

그러자…….

"또… 손님인가? 오늘은 많이들 찾아오는군. 하지만 여자가 아니라니, 아쉬워…….”

권태롭다고 해야 할까, 아니면 음울하다고 해야 할까.

아니, 어쩌면 그 둘 다일지도 모를 축 처진 목소리가 공터에 울려 퍼졌다.

'어디… 어디지?!'

쓰러진 벨라 이외에 외곽은 물론이고, 중심에서조차 사람의 흔적을 전혀 발견하지 못한 나였다. 하지만 너무나도 분명하게 들려오는 목소리에 나는 저도 모르게 중심으로부터 한 발짝 멀어졌고, 그 순간 정체불명의 목소리가 실망한 듯 말했다.

"이런… 도전자가 아닌가? 그것 또한 아쉽군. 뭐, 여자가 아니니 상관은 없지만……."

'사람인 건가? 여자 타령에 말까지 하는 녀석이니, 분명 사람인 것 같긴 한데…….'

당황한 와중에도 상대가 누구인지 차분히 파악해 나가던 나는 좀 전보다 빠르게 흔들리는 돌을 보며 살짝 눈을 찌푸렸다.

'저 돌의 정체가 무엇인지는 모르지만, 말소리가 들려올 때도 그렇고… 계속해서 움직이는 걸 봐선 무언가 효과가 있는 것 같은데…….'

모습이 보이지 않는 상대의 정체도, 움직이는 돌의 정체도 명확하지 않지만, 수상한 돌이 벨라의 바로 옆에 붙어 있는 만큼 일단은 무엇이라도 해야겠다는 생각에 품속에서 뭉툭한 단검을 꺼내 들었다.

'일단… 맞춰보자!'

계속해서 움직이는 저것이 무엇인지는 모르겠지만, 분명 어떠한 기능을 하고 있을 터.

겉보기엔 돌로밖에 안 보이니, 일단 단검으로 쓰러뜨리거나 자극을 줘볼 생각이었다.

그렇게 단검이 내 손을 떠났다.

휘익! 퍼억!

"…퍼억?"

우뚝―!

생각했던 소리와 많이 달라서였을까?

내가 당황하는 그때, 단검에 맞고도 쓰러지지 않은 돌이 우뚝 멈춰 섰다.

그러고는…….

스ㅇㅇㅇㅇㅇㅇㅇ윽―

"너… 이 새끼… 도.전.자로군……!"

순간, 돌의 윗부분이 천천히 돌아가며 옆을 향하기 시작했다.

그러자 노란색 경계가 선명한 부리가 드러나며 흑요석을 박아 넣은 듯 새카맣게 번들거리는 눈알이 나를 향했다. 동시에 가려져 있던 벨라의 모습이 나타났다.

'저게… 날카롭고 뾰족한 날개……?'

왜인지는 모르겠지만, 상체 갑옷이 부서진 벨라의 속옷 위로 가지런히 놓인 어두컴컴한 빛깔의 날개가 분노한 듯 파르르 떨렸다.

그리고 녀석을 보는 내 몸 역시 엘프의 전설, 그 구전 속 괴물의 엄청난 정체에 절로 부르르 떨려왔다.

"아니, 그보다… 이 녀석……."

"네놈! 감히 선빵을 쳤겠다! 이 북쪽 숲의 지배자 엠페러 님이 직접 징치해 주마!"

"…펭귄이잖아!!"

띠링!

〔북쪽 숲의 지배자 엠페러! ― 강제 발생 이벤트〕

북쪽 숲을 다스리는 자, 엘프 마을의 전설, 엠페러.

그 전설의 동물의 정체는 바로 이상하고 아리꾸리한 힘을 쓰는 황제펭귄이었다!

하지만 그 정체불명의 힘과 수백 년을 살아온 영물의 능력은 가히 절대무적!

그를 상대하고자 한다면 목숨을 걸어야 할 것이다!

그의 힘을 갖고자 한다면 승부하라!

시간 : 무제한

보상 : 황제펭귄 엠페러(소환수)

성공 조건 : 엠페러와의 승부에서 승리

실패 조건 : 엠페러와의 승부에서 패배

실패 페널티 : ???

눈앞에 나타난 퀘스트 창의 설명을 모두 읽어볼 시간도 없이, 엠페러는 분노한 목소리로 나에게 외쳤다.

"자아, 인간! 승부하고 싶은 종목을 말하라! 처참히 짓밟아줄 테니!"

'뭔가… 꼬인 거 같은데…….'

기회가 있다면 승부라는 것을 해보고 싶긴 하지만… 결단코 이런 방식은 아니었다.

비록 펭귄에 불과하지만, 누가 봐도 벨라를 쓰러뜨린 게 분명한 강자.

지금의 내가 상대할 수 있는 대상이 아니었다.

'그런데… 종목을 정하라고……?'

분노로 벌어진 입 사이로 펭귄 특유의 톱니 모양 이빨을 하고, 그 틈새로 한눈에 봐도 위험해 보이는 냉기를 뿜어내는 녀석을 보며 나는 차분히 종목을 결정했다.

"그렇다면… 가위바위보로……."

움찔ㅡ!

그 말에 녀석은 흠칫 몸을 떨며 그 똘망똘망한 까만 눈으로 나를 쳐다보았고, 이내 다시 말했다.

"그건… 내가 너무 불리하다. 내 날개론 보자기와 주먹밖엔

낼 수가 없으니… 조금 더 공정한 종목을 정하도록 해라, 인간."

조금은 애처롭게, 굉장히 당혹스럽다는 듯 말하는 녀석의 태도와 불안하게 흔들리는 까만 눈을 보며 나는 이 녀석의 모든 것을 금세 알 수 있었다.

'이 녀석… 호구다!'

그저 대답 한 번을 들었을 뿐인데 어째선지 자신감이 솟아올랐다.

나는 거침없이 승부 종목을 제안했다.

"그렇다면 달리기는 어때?"

"혹시 날기는… 가능한가?"

"달리기라니까."

"그렇다면… 그것도 좀……."

"멀리 뛰기는 어때?"

"그것도 조금……."

"혹시 농구할 줄 알아?"

"그게……."

"축구… 구기 종목 중에 할 줄 아는 건?"

"……."

그렇게 얼마나 지났을까.

어느새 부리를 바닥에 박아 넣을 듯 고개를 푹 숙이고 있는 엠페러를 보면서 나는 최대한 과장된 동작으로 이마를 누르며 말했다.

"후… 이것도 안 되고, 저것도 안 되고… 대체 되는 게 뭐야? 너무 너한테 유리한 게임을 하려는 거 아니야?"

"……."

"아니, 애당초 나한테 정하라고 해놓고 전부 거절하면 어떡하자는 건데?"

"그게… 당연히 싸우자고 할 줄……."

"아, 그게 어떻게 당연한 거야? 종목을 정하라고 했으면, 미리 준비를 해놨어야지."

"여태… 여기 온 엘프들은 전부 싸우자고 해서……."

"어휴, 쯧쯧."

내가 고개를 절레절레 흔들며 혀를 차자, 엠페러가 기어 들어가는 목소리로 사과했다.

"…미안하다."

"후… 그래, 네가 무슨 잘못이 있겠냐. 그동안 무식하게 칼질만 해 댄 엘프들 잘못이지."

"……."

그렇게 잠시간 말이 없던 우리의 침묵은 잠시 후 나의 박수 소리에 깨졌다.

짝!

"아, 그래! 그럼 우리 그 게임 할까?"

"......?"

"31게임! 숫자 1부터 각자 최대 세 개의 숫자를 세서 마지막에 31을 부르는 사람이 지는 게임이야. 어때? 룰도 복잡하지 않고, 간편히 말로만 해도 되니, 공평하잖아?"

"음......"

내 말을 들은 엠페러가 순간 침음성을 흘리며 고민하는 듯했지만, 이어진 내 말에 결국 고개를 끄덕이고 말았다.

"후, 이것까지 안 된다고 하면… 나는 뭘 해야 할지 잘 모르겠다."

"그, 그렇다면… 좋다, 그런 게임이라면……."

"그래, 좋단 말이지?"

씨익―

순진한 눈망울로 나를 올려다보는 엠페러의 눈동자에 반짝이는 내 잇몸이 비쳤다.

"일, 이!"

"…삼?"

먼저 숫자를 말한 것은 나였다.

순서에 대해 의문을 표하는 엠페러였지만, 여태 모든 종목을 거절한 것을 걸고넘어지자 쉽사리 나에게 선수를 양보했다.

그렇게 시작된 게임에서 31이란 숫자까지는 아직 한참이 남았지만, 초반부터 신중하겠다는 작전인지, 숫자 하나만을 외치는 엠페러였다.

하지만… 그런 엠페러를 보는 나는 이미 승리를 확신하고 있었다.

'후후, 끝났군.'

"사, 오, 육!"

"…칠, 팔."

"구! 십!"

"십일……."

"십이, 십삼, 십사!"

사실 이 31게임은 일대일 상황에서 필승법이 존재했다.

27을 말하는 쪽이 진다는 것은 규칙을 알고 있다면 누구나 다 아는 내용이지만, 어째서 그 숫자가 27인지 아는 사람은 꽤 드물었다.

31과 27, 그 숫자의 차이는 4이다.

그리고 이 4라는 차이는 이 게임의 규칙인 최소로 부를 수 있는 숫자와 최대로 부를 수 있는 숫자의 합으로, 상대가 부르는 숫자의 개수와 내가 부르는 숫자의 개수의 합을 4로 맞춰 그 간격을 유지하면 절대적으로 승리하게 되는 것이었다.

물론 이 승리 조건에는 상대방이 특정 숫자를 외치게 해야만 한다는 전제 조건이 붙지만, 그 조건이 되는 3이라는 숫자는 이미 엠페러의 입에서 나온 뒤였다.

"이십일, 이십이!"

"이십삼… 이십사……."

씨익—

나의 웃음에 불안감을 느낀 것일까?

이십사의 끝을 길게 늘이던 엠페러가 곧장 말을 이어 붙였다.

"…이십오!"

"흐응~ 그건 너무 치사한 거 아니야? 내 반응을 보고 숫자를 더 부르다니."

"크, 크흠, 어쨌든 규칙에서 벗어난 게 아니니까……."

엠페러는 스스로도 민망한 듯 헛기침을 하며 내 시선을 피했지만, 사실 이 상황 자체도 블러핑에 불과했다.

엠페러가 이미 오래전에 패배했음을 알아차리지 못하게 하기 위한 연극인 것이다.

나는 마지막 숫자를 말했다.

"이십육."

"이십… 허억?!"

'깨달은 건가? 생각보단 빠르네?'

영물이라고 해봤자 결국 펭귄이라고 생각했지만, 그래도 수월한 대화가 가능할 정도로 높은 지능을 지닌 만큼 지금 상황을 확실히 파악한 듯싶었다.

"후후, 왜 그래? 응?"

"……."

빰빠바밤!

〔소환수 엠페러가 추가되었습니다.〕

'소환수라……'

멍한 표정으로 올려다보는 엠페러를 보며 나는 밝게 웃어 보였다.

씨익!

부르르―

어디 아픈 곳이라도 있는 걸까, 나의 웃음에 반응하는 모습에 걱정이 된 내가 손을 뻗자, 엠페러가 뒤뚱대는 걸음으로 뒤로 물러나며 말했다.

"이… 이건 사기다!"

"사기라니… 어디까지나 정당한 승부였다고."

"하지만… 이 게임은 네가 유리했잖아!"

"뭐… 그렇긴 한데, 애당초 게임 규칙을 미리 알려줬잖아. 게다가 내가 먼저 하는 것에 대해 너도 동의를 했고."

뭐가 됐든 결과에 승복하여 소환수로 지정된 이상 이런 논쟁은 의미가 없었지만, 엠페러는 여전히 억울하다는 듯 부리를 뻐끔거렸다.

그 순간, 이번엔 내가 먼저 나서서 엠페러에게 말을 걸었다.

"아, 근데 말이지. 펭귄아."

"…엠페러라고 불러라."

"그래, 엠페러."

이곳 북쪽 숲의 전설이 되도록 수백 년간이나 지켜온 녀석의 마지막 자존심인 듯 나의 호칭에 즉각 반응하는 녀석이지만, 나에겐 그마저도 귀여워 보였다.

'짜식… 그래, 앞으로 잔뜩 부려 먹어줄 테니까.'

"그런데 네 옆의 엘프… 벨라는 어떻게 된 거야?"

"어떻게 되다니?"

"죽은 거야?"

나의 태연스런 물음에 굉장히 실례라는 듯, 그 작고 동그란 눈을 반개한 녀석이 대꾸했다.

"흥! 이 몸은 이 북쪽 숲의 지배자. 나 정도의 강함을 가진 자가 약자를 상대로 그런 짓을 할 것 같은가! 그냥 기절한 것뿐이다. 뭐, 체온이 많이 떨어져 있으니 이대로 안 일어나면 죽을지도 모르지만… 엘프의 회복력을 생각하면 그렇진 않을 거다."

"흠, 그래? 엘프들의 전설에는 네가 굉장히 흉포한 놈으로 묘사되어 있던데?"

"흥! 그거야 나에게 진 엘프들이 패배의 구실로 무섭게 표현한 것일 뿐, 이 몸은 오래전부터 이곳에 찾아오는 엘프들을 신사답게 맞아줬다. 언제나 승부의 종목도 먼저 정할 수 있게 해주었지."

"그 결과가 엘프들의 전패라는 거군?"

"그래."

그렇게 생각하면 엘프들에게 전해지는 전설이 그다지 이상하지만도 않았다.

엠페러의 정확한 능력은 알지 못하지만 분명 특별한 힘이 있는 게 분명했고, 이렇게 작고 약해 보이는 생물에게 엘프 전사들이 오는 족족 쓰러졌다면 자신들의 패배에 정당성을 부여하고 싶어서라도 이 작은 펭귄을 무섭게 표현했을 것이다.

'엘프는 자긍심이 높은 종족이니까.'

게다가 생각해 보면 그다지 틀린 말도 없었다.

펭귄을 전설의 동물이라 표현한 거야 조금 어폐가 있긴 하지만, 이런 숲 한복판에서 마주치는 펭귄이라면 평생을 숲속에서 보내는 엘프들에겐 신기한 동물로 비춰졌을 테니 말이다.

거기에 검은 눈, 뾰족한 부리, 수백 개의 이빨과 날개의 묘사도 객관적으로 놓고 봤을 때, 평범한 펭귄의 묘사가 맞았다.

"흠… 그래, 너에 대해 알아보는 건 그쯤 하기로 하고… 일단 벨라부터 깨워볼까?"

죽었다면 모를까, 살아 있는 것이라면 벨라를 데리고 가는 것이 현명한 선택이었다.

굉장히 강력한 전력이기도 하거니와, 굳이 살아 있는 그녀를 방치해 죽일 이유도 없었으며, 만약에라도 그런 경우가 생겨 엘프 족과 관계가 틀어지는 것은 사양이었다.

'하기야… 이젠 별 상관없는 것도 같지만.'

북쪽 숲의 지배자, 황제펭귄 엠페러가 소환수가 되었다.

마치 북쪽 숲에서만 최강인 것처럼 붙여진 이름이지만, 그 실상은 달랐다.

이 넓은 케이안 숲은 동서남북의 기후가 모두 다르고, 펭귄의 특성상 그중 가장 낮은 온도를 가지는 북쪽에서 살고 있던 것일 뿐, 엠페러의 특별함을 생각한다면 어느 곳에서든 충분히 지배자란 이름을 가질 수 있었을 것이다.

그리고 이런 엄청난 소환수가 있는 이상, 이 숲을 빠져나가는 것은 이젠 일도 아니었다.

'후후, 오늘 당장 나가볼까?'

엠페러의 전투력에 대해선 의심하지 않았다.

누가 뭐래도 이 케이안 숲에서 가장 강력한 집단인 엘프 전사들을 상대로 수백 년간 단 한 번의 패배도 하지 않은 영물이 아니던가.

심지어 이곳까지 스트레이트로 고속도로를 만들고 달려온 벨라조차 별다른 피해 없이 쓰러뜨릴 정도니, 앞으로 내 여정은 그야말로 탄탄대로였다.

"벨라, 일어나."

촤압! 촤압!

내 손바닥과 벨라의 차가운 볼이 만나며 내는 찰진 소리와 함께 벨라의 파랗던 얼굴에 약간의 혈색이 돌기 시작했다.

하지만 아무리 기다려도 벨라는 일어날 생각을 하지 않았다.

'이대로 두고 갈 수도 없고…….'

이 펭귄 녀석의 말대로 곧 회복할 것이라면 이 영역에 있는 한 벨라가 위험할 일은 없겠지만, 역시 그냥 두고 간다는 것은 마음에 걸렸다.

벨라 때문에 요 며칠간 눈을 뜨면 집에 와 있는 상황을 몇 번이나 겪어온 나지만, 미운 정도 정이라고… 무력화된 녀석을 이렇게 두고 갈 수는 없었다.

"음, 일단 업을까? 어차피 가다 보면 깨어날 테니."

"가는 건가……?"

말똥말똥.

승부에서 진 뒤로 의기소침해진 듯 부리를 아래로 향한 채 시무룩해 있던 녀석이 어쩐 일인지 조금 흥분된 목소리로 말하며 나를 올려다봤다.

뿐만 아니라 벌써부터 출발 준비를 마쳤다는 듯, 어느새 자리를 털고 일어나 엉덩이에 묻은 잔디 부스러기를 날개로 쳐서 탈탈 털어내고 있었다.

'음? 꼬리를 흔들면 될 일 아닌가?'

등 뒤로 잘 뻗어지지 않는 탓에 낑낑거리며 날개를 휘적거리는 모습을 보며 잠시 고개를 갸웃거린 나는 또 다른 의문점을 녀석에게 물었다.

"그나저나… 너 목소리가 갑자기 바뀌었네? 뭐랄까, 폰트로 치면 HY산B에서 바탕체로 바뀌었다고 할까?"

"아, 그건 보통 위협용으로 쓰는 목소리다. 가끔 내 기분이 고양되면 나도 모르게 나오곤 하더군."

"…그래?"

어쩐지 알기 쉬운 느낌의 녀석이네.

거짓말하면 얼굴색이나 목소리가 변하는 부류로, 누굴 속이기는 어려운 녀석이라고 할 수 있었다.

'뭐, 목소리만 빼면 저 포커페이스는 완벽하지만.'

내가 주인인 탓일까?

변화라곤 없는 부리와 동그란 눈이지만, 어째선지 나는 녀석의 기분을 알 수 있었다.

뒤뚱뒤뚱!

'꽤나 신났네. 수백 년 만에 이 숲을 떠나는 덕분이겠지?'

녀석의 일생을 다 들어본 게 아닌 만큼 태어날 적부터 이곳에 있었는지 같은 세세한 부분은 알지 못하지만, 엘프들에게 수백 년간 전승되어 온 이야기만으로도 녀석이 이곳에 있던 세월을 짐작하기엔 충분했다.

"뭐, 그럼 가볼까? 웃차!"

절그럭절그럭.

후두둑!

놀이동산에 가고 싶어 안달이 난 어린아이마냥 내 주변을 뒤 뚱거리는 녀석의 모습에 더 이상 지체할 필요를 못 느낀 나는 가볍게 벨라를 등에 업다가 눈살을 찌푸렸다.

"이거, 영 힘든걸?"

딱히 벨라가 무겁다는 의미는 아니었다.

벨라가 대단한 힘을 가진 전사이긴 하지만, 그래봤자 호리 호리한 체형의 여자 엘프, 그것도 소녀 축에 속하는 어린 엘프였다. 이미 칸의 가혹한 훈련 속에서 성인 남성 십수 명분의 근력을 얻은 나에게 어린 엘프 하나를 업는 정도는 일도 아니었다.

다만······.

"야, 그러고 보니 이 갑옷은 어떻게 된 거야?"

벨라의 가슴 갑옷은 앞부분이 완전히 파괴된 탓에 업자마자 우수수 쏟아져 내리는 파편들과 울퉁불퉁한 갑옷의 단면이 등을 아프게 찔러왔다.

나로서는 절로 인상이 찡그러질 수밖에 없었다.

물론 멋모르고 엠페러에게 달려든 벨라가 처참히 당한 흔적일 테지만, 이게 만약 엠페러의 특별한 기술 같은 것이라면 주인으로서 알아두는 편이 좋았다.

"아, 그건 가슴을 만지느라 조금 부순 것이다."

"아, 그래? 그럼 어쩔 수……."

태연하게 대꾸하는 엠페러의 반응에 저도 모르게 고개를 끄덕이며 수긍하던 나는 무언가 이상함을 느끼고 지그시 녀석을 바라봤다.

그러자 엠페러가 날개를 들어 어디서 튀어나왔는지 모를 엄지를 치켜세우며 말했다.

척!

"걱정 마라. 기절시켜 놓고 만졌으니 아무도 모를 것이다."

"……."

하지만 지그시 이어지는 나의 시선에 양심의 가책이라도 느낀 것인지, 제 발 저린 엠페러가 곧 변명 아닌 변명을 쏟아냈다.

"흠흠, 뭐, 나에게 도전을 했으면… 그만한 대가를 치러야지. 나도 공짜는 아니라고. 여태 이곳에 찾아온 모든 엘프들이 다들 겪은 일이야. 나를 찾아온 거라면 누군가 다른 엘프로부터 내 얘기를 들은 것일 텐데… 그런 말은 못 들었나 보지?"

"…그런 말은 없었는데?"

"흐음, 난 여태 이곳에 온 엘프들을 그냥 보내준 일이 없는데 그런 말을 못 들었다니… 이상하네."

그래, 이상하지. 내가 그런 말을 못 들은 것도, 영물 펭귄이 자기를 찾아온 도전자를 성희롱한다는 것도.

"너… 남자 엘프들도 가슴 만지거나 그랬냐?"

"무슨! 이 몸을 뭘로 보고!"

내가 지극히 혐오스러운 것을 바라보는 시선으로 쳐다보자, 녀석은 길길이 날뛰며 반박했다.

"이 몸은 이래 봬도 신사다. 여자라면 당연히 가슴을 만지지만, 남자의 가슴을 만지는 취미는 없다!"

'…애당초 신사의 행동 영역에서 벗어난 부분 같은데.'

하고 싶은 말은 많았지만, 이제 와 태클을 걸기엔 녀석의 당당한 태도가 마음에 걸려 나는 다른 부분을 물어봤다.

"그럼 남자 엘프들에겐 어떻게 했는데?"

"뭐, 별로 대단한 걸 하진 않았다. 사소한 장난을 쳤을 뿐이지."

"사소한 장난?"

"그곳에 코끼리를 그려줬다."

"……."

"여기에 찾아오는 엘프들은 대부분 나이가 많지 않은 탓인지, 코끼리들이 다들……."

"잠깐! 그만하면 됐다."

엘프 마을의 전설이 왜 그런 식으로 만들어졌는지 알 것도 같았다.

코끼리라든가, 가슴이라든가 하는 이야기야 당연히 수치심 때문에 빠졌을 것이고, 펭귄의 모습을 현실에 입각하여 흉포하게 표현한 것도 다른 엘프들에게 겁을 주기 위한 방책이었을 것이다.

그런 와중에 힘을 얻는다는 이야기가 함께 있던 것은 설정상 거짓말을 하지 못하는 엘프이기에 그런 것일 수도 있고, 마을에 찾아올 유저들을 위한 안배였을지도 몰랐다.

뭐가 됐든 이 북쪽 숲에 사는 전설의 동물에 대한 이야기에는 그런 식의 와전이 있었으리라.

'그렇다면… 아마도 이런 사실을 다 알고 있었을 거라 추정되는 칸은……'

명색이 마을의 전사장이다. 유사시 촌장을 대리할 수 있는 마을의 절대 권력자인 녀석이 이러한 정보를 몰랐을 리가 없었다.

'그러고 보니… 벨라가 조만간 돌아올 거라고 했지? 내가 세계수를 내려가는 것도 말리지 않았고……'

아마도 칸은 이곳에서 벌어질 일에 대해 진즉부터 알고 있던 게 틀림없다.

그렇지 않고서야 엠페러를 찾아 험지로 떠난 벨라가 돌아올 거란 말과 그걸 쫓아가려는 나를 말리지 않았을 이유가 없었다.

'그 자식······.'

어쩐지 안개 틈새로 흐릿하게 엄지를 치켜세운 칸의 모습이 보이는 것 같았다.

"뭐, 그래도 그 엘프 소녀 같은 경우엔 딱히 가슴을 만지거나 하지 않았으니 걱정 마."

"···뭐?"

흉갑을 이렇게 만들어놓고 이제 와서 만지지 않았다니?

게다가 아까 나와 승부를 벌이기 전에 분명 벨라의 가슴 위에 손(날개)을 얹어놓고 있지 않았던가.

거짓말을 하는 녀석에게 주인으로서 따끔하게 한마디하려는 찰나, 녀석의 조금 시무룩한 목소리가 들려왔다.

"···만질 게 있어야 말이지."

"아······."

그랬구나.

문득 한 겹 평상복뿐인 나의 등판으로 느껴지는, 갑옷과는 다른 단단한 감촉에 나도 모르게 절로 고개를 끄덕이고야 말았다.

뭐랄까, 부드러움으로 치자면 그녀의 가슴보다 허전한 대흉근을 덮고 있는 속옷이 더 부드러웠다.

"오랜만에 찾아온 여자 엘프였는데······."

무엇을 생각하고 있는 것일까, 한층 시무룩한 목소리로 중얼거리는 엠페러를 보면서 나는 조용히 말했다.

"…가자."

끄덕.

한 남자와 한 수컷의 눈이 슬픔으로 가득 찼다.

Chapter 4

방패 부는 남자와 몬스터 떼

"으어어어어어억!"

"끼아아아악!"

덜컹! 덜커덕!

질질질.

크와와왁!

키이익! 키에엑!

결론부터 말하자면, 나의 숲 탈출 계획은 수포로 돌아갔다.

드르르륵! 덜컹!

"이봐, 주인! 그 방패 좀 버려! 저 녀석들이 소리를 듣고 따라

오잖아!"

등에는 벨라를 업고, 그 뒤로는 줄에 매달린 방패를 꼬리마냥 기다랗게 늘어뜨린 채 달리던 나는 옆에서 필사적으로 날개를 파닥거리면서 쫓아오는 엠페러를 보며 외쳤다.

"나도 버리고 싶다고!"

그래, 버리고 싶었다.

몽땅 다!

'젠장, 설마하니 능력치가 봉인됐을 줄이야!'

그 일은 불과 한 시간 전에 벌어진 일이었다.

드르륵, 텅!

"으응?"

"음? 아까 이 엘프 소녀가 쓰던 방패군."

"이런, 몸에 묶어놨었나?"

제 몸만 한 크기의 타워 실드를 쓰는 주제에 분실할까 봐 걱정이라도 된 것일까?

벨라의 허리춤에 단단히 매듭지어 묶인 줄 끝에는 방패가 묶여 있었다.

"쳇, 저것도 들고 가야겠네."

처음엔 그냥 두고 갈까 싶었지만, 굳이 그래야 할 만큼 급한 상황도 아닌데다 평소 벨라가 마을에 단 하나뿐인 자신의 방패를 애지중지하던 것을 떠올린 나는 차마 버리고 갈 수가 없었다.

'만날 말로만 싫다 하고 말이지.'

자신도 다른 엘프 전사들처럼 칼이나 활 같은 무기를 쓰고 싶다고 징징거리는 벨라지만, 막상 타워 실드는 매일같이 광이 나도록 닦는 것을 보면 정말이지 어린애구나 싶었다.

'그래, 어른 된 도리로서 어린애 물건에 심술을 부릴 순 없지.'

뭐, 굳이 따지자면 나 역시 어른은 아닐뿐더러 설정상 벨라의 나이가 훨씬 많지만… 그래도 벨라보다야 정신연령이 높다고 자부하는 나였다.

묵직!

"우욱!"

대체 착용 조건이 어떻게 되는 거야?

별생각 없이 가볍게 들어 올린 타워 실드의 어마어마한 무게감에 순간 몸을 휘청거렸다가 간신히 중심을 잡고 선 나는 질린 눈으로 곤히 잠든 벨라와 타워 실드를 번갈아 봤다.

'대체 힘이 어느 정도기에…….'

전체 스텟 중에선 낮은 편에 속하는 근력이긴 하지만, 180에 가까운 수치는 17레벨의 모든 스텟을 근력에 쏟아부은 것과 동일했다.

근력 스텟을 많이 찍는다는 전사나 기사 클래스라도 일정 비율을 맞춰 분배하는 바, 180 정도의 수치라면 그런 클래스의 30~40레벨에 해당하는 것이다.

그리고 이는 곧 통짜 쇠로 만들어진 방패라도 거뜬히 들어 올리는 게 가능한 레벨이기도 했다. 비록 아이템의 착용 조건을 만족시키지 못한다 하더라도 방패의 재질을 생각하면 충분히 쉽게 들 수 있어야 했다.

물론 아이템으로 분류된다면 인벤토리에 간편히 넣어 가면 되는 일이긴 하지만……

'외견은 별 볼일 없는 물건인데…….'

벨라가 매일같이 관리했다고는 하지만 이미 오랜 세월 사용된 물건답게 여기저기 손상된 상태였고, 재질도 철과 비슷한 합금 정도라 겉에 어떠한 무늬나 장식조차 없는, 그야말로 기본에 충실한 방패일 뿐이었다.

그런데 고작 그런 물건이 이렇게까지 무겁다니… 아마도 이 방패 역시 내가 모르는 무언가가 숨겨져 있는 듯싶었다.

"크읍! 더럽게 무겁네……!"

결국 벨라를 등에 업고 팔을 앞으로 뻗어 방패를 안 듯이 움켜쥔 나는 조금은 휘청거리는 발걸음으로 귀환길에 나섰다.

그런 나를 보며 엠페러가 걱정스러운 목소리로 물었다.

"그런 상태로 괜찮겠나?"

"뭐… 어떻게든 되겠지."

정확히는 엠페러, 네가 있으니 어떻게든 될 것이란 말이지만, 나는 그저 별다른 생각 없이 말했다.

그리고 그로부터 십 분여, 마침내 우리는 첫 번째 몬스터를 만났다.

크와아앙!

"호오, 예티인가?"

흔히 우리가 알고 있는 설인의 일종인 예티는 과학기술이 극도로 발달한 지금까지도 그 존재가 불분명할 만큼 전설과 환상의 존재지만, 소설이나 게임 속에서는 흔히 보이는 평범한 몬스터 중의 하나이기도 했다.

다만, 이곳 케이안 숲의 예티는 본래 서식지인 설산이 아닌 서리 낀 숲에서 사는 탓인지, 순백의 모습이 아니라 회색과 녹색이 뒤섞인 기묘한 위장 색을 띠고 있었다.

'역시나 디테일하단 말이지.'

쉽게 놓치기 쉬운 부분에 있어서도 디테일을 강조한 리버스 라이프.

완성도에 대해 감탄이 나오는 것은 자연스러운 일이었다.

크르릉.

내가 감탄하고 있는 사이, 예티가 천천히 우리를 향해 걸어오기 시작했다.

보통 야생의 몬스터라 함은 그 낮은 지능 수준 탓에 본능에 휩쓸려 금세 달려들기 마련이지만, 예티는 인간형의 몬스터인 만큼 어느 정도 사고를 하는 듯했다.

그래서인지 놈은 움직임이 없는 우리를 보며 오히려 경계하듯 느리게 다가왔다.

'후후, 어쩌면 엠페러를 경계하는 것인지도 모르지.'

어린아이만 한 자그마한 체구, 까맣고 뾰족한 부리와 얼굴임을 표시하는 노란 얼룩, 앞뒤를 분간하게 해주는 새까만 뒷면과 새하얀 앞면, 그리고 그 유선형 동체를 뒤뚱뒤뚱 움직이는 손바닥만 한 발까지.

귀엽다고밖에 말할 수 없는 그 동그란 생물체는 비록 이런 모습이지만 수백 년간 이 서리 내린 숲을 지배하던 지배자였다.

나는 말똥거리는 눈으로 가만히 예티를 지켜보는 엠페러를 보며 흐뭇한 미소를 지었다.

그때, 시선을 알아차린 듯 엠페러 역시 나를 돌아봤다.

척!

척!

펭귄 손… 아니, 날개에 원래 엄지손가락이 있던가?

엄지를 치켜세우는 내 모습에 마찬가지로 날개 끝을 동그랗게 구부려 엄지손가락을 표현하는 엠페러의 모습에 난 자신감으로 가득 찼다.

그런 자신감이 자연스레 목소리에 묻어났다.

"자, 가자!"

"그래!"

나의 자신만만한 목소리에 역시나 엠페러의 자신감 넘치는 대답이 호응했다.

그리고…….

"……."

"……."

여전히 우리를 향해 걸어오는 예티와 아무것도 바뀐 게 없는 상황을 보며 나는 엠페러를 보았고… 엠페러 역시 날 쳐다봤다.

"……?"

"……?"

나를 보며 머리 위로 물음표를 띄우는 엠페러의 순진한 눈망울이 보였지만, 나는 말하지 않을 수 없었다.

"가자니까?"

"가자며?"

동시에 각자의 입에서 흘러나온 물음이 서로의 귓전에 교차하고… 우리는 무엇인가 잘못됐음을 깨달았다.

"혹시… 내가 뭔가 놓치고 있는 게 있는 건가? 소환수 전용 명령어라든지……."

포x 몬스터의 그 똘똘한 피x츄도 주인공이 명령하기 전엔 기술을 사용하지 않으니 말이다.

재빨리 게임 매뉴얼을 소환하여 소환수의 명령어와 관련된 내용을 찾아보았지만, 명령어를 필요로 하는 소환수는 지능이 낮은 소환물에 한정될 뿐, 자체 AI를 가진 NPC형 소환수에 대해서는 '알아서 합니다' 라는 불친절한 설명만이 있을 뿐이었다.

나는 머릿속에 떠오르는 불길한 생각을 애써 도로 밀어 넣으며 이번엔 소환수 스킬 창을 열었다.

명령이 필요 없는 고지능 소환수인 엠페러기에 스킬을 쓰고 안 쓰고는 제 맘대로겠지만, 당장은 예티를 앞에 두고도 멍하니 있는 엠페러에게 구체적인 지시를 내려야 하니 말이다.

"소환수 스킬!"

촤라라라락!

〔위엄 보이기 : 황제의 위엄을 보인다. 사용 시 '피

칭—!’ 하는 효과음과 함께 부리가 빛난다.〕

　〔부리 강타 : 단단한 부리로 때린다. 적에게 물리 피해
를 주며, 쪼기 형태로 발동 시 출혈 피해를 입힌다.〕

　〔아이스 니들 : 부리에 냉기를 모아 일점사한다. 날카
롭게 방출되는 냉기는 적에게 관통, 출혈 피해를 준다.〕

　〔아이스 필드 : 냉기를 분사하여 주변 일대를 얼어붙게
만들고, 얼음 대지에 선 적의 이동 속도, 공격 속도, 공격
력을 감소시킨다.〕

　〔아이스 포그 : 결정화된 냉기로 모습을 감추거나 적의
시야를 가릴 수 있다. 안개에 덮인 적은 냉기 상태 이상
효과를 받는다.〕

　〔펭귄 대잔치 : 황제의 위엄에 걸맞은 대규모 펭귄 무
리를 소환한다.〕

　〔블리자드 스톰 : 극한의 냉기로 주변을 얼음 지대로
만들며, 범위 내에 거대한 아이스 스피어를 대량 소환해
관통 피해를 입힌다. 냉기와 관련한 모든 상태 이상을 입
히며…….〕

　“오오, 굉장하잖아!”
　특별한 규칙 없이 뒤죽박죽으로 나열된 스킬들이지만, 과연

숲의 지배자라는 이름에 걸맞게 수십 가지의 듣도 보도 못한 스킬들이 가득했다.

개중에는 정체를 알 수 없는 스킬들도 몇 개 있는 듯싶지만, 중간중간 쓰여 있는 설명만으로도 그 위력을 짐작케 해주는 무시무시한 스킬들하며, 이름만으로도 효과를 알 수 있는 직관성이 뛰어난 스킬까지…….

당장에 스킬이라고는 엘프 비전과 생존 본능, 고작 두 개밖에 없는 나에겐 별천지나 다름없는 모습이었다.

게다가…….

'전부… 전부 활성화되어 있어!'

아까부터 스멀스멀 기어 올라오던 불안한 마음을 안심시키기라도 하듯, 눈앞에 나타난 스킬들은 전부 사용 가능한 활성화 상태의 스킬이었다.

지금은 생존 본능이 되어버린 '벽 타기'는 패시브 스킬임에도 불구하고 벽이라는 조건이 충족되지 않으면 회색의 비활성화 상태로 아무런 효과도 발휘하지 못하는 것을 떠올리면, 지금 눈앞에 있는 이 수많은 스킬들은 언제든 사용이 가능하다는 의미였다.

그야말로 자신감으로 충만하다 못해 터질 것 같은 심정으로 나는 멋들어진 포즈와 함께 예티를 가리키며 말했다.

처억!

"좋아, 그럼 블리자드 스톰!"

"오오! 주인! 그런 고급 마법도 사용할 줄 아는가?"

"…응?"

나의 외침에 호응하는 엠페러의 반응은 내가 원하던 바와는 사뭇 달랐다.

"음음, 역시 이 몸을 승부로 제압한 자. 내가 주인 하나는 잘 골랐군."

끄덕끄덕!

앞으로 뻗은 손가락이 무색하도록 짧은 날개로 부리를 쓰다듬으며 고개를 주억거리는 엠페러는 이내 기대에 찬 눈으로 나를 보며 물었다.

"그래, 주인. 블리자드 스톰은 언제 발동하는가? 아, 인간 마법사는 마법 발동에 시간이 좀 걸린다던가? 확실히 내가 사용하는 블리자드 스톰과는 다르군."

"아니, 그게……."

엠페러가 잘못 이해하고 있는 것에 대해 설명하고자 입을 달싹여 보았지만, 이내 한숨과 함께 체념했다.

'어휴… 그래, 내 팔자가 그렇지 뭐…….'

고개를 갸웃거리는 엠페러를 보며 결심을 굳힌 나는 그동안 어떻게든 피하고자 했던 현실을 확인할 때가 되었음을 깨달았다.

한숨 섞인 나지막한 목소리가 입 밖으로 새어 나왔다.

"소환수 정보."

〔이름 : 엠페러〕
종족 : 황제펭귄
Lv : 1 (봉인됨)
HP 9,999,999/9,999,999
MP 100/100 (봉인됨)
SP 100/100

근력 : 10 (봉인됨)
체력 : 9,999
민첩 : 10 (봉인됨)
지능 : 10 (봉인됨)
지혜 : 10 (봉인됨)
추가 능력 — 냉기 저항 MAX

그래, 그럴 줄 알았지. 저런 코딱지만 한 마나로 스킬이 발동

할 리가.

생각해 보면 마나가 없어서 사용 못하는 엘프 비전도 스킬 창에선 사용 가능 표시를 달고 나왔다.

나는 체력을 제외하고 온통 '봉인됨' 이라는 단어로 가득 찬 스테이터스 정보 창을 보며 엠페러에게 물었다.

"조금 늦은 질문 같긴 한데… 혹시 넌 주인의 능력에 따라 힘이 제한되고 그러는 거야?"

"응? 당연한 말을 하는군. 나는 이 지역 모든 몬스터를 통솔하는 지배자! 나의 능력을 단순히 내 주인이 되었다고 마음껏 사용할 수 있게 된다면 곤란하지. 그래서 태초의 계약에 따라 주인의 수준에 맞춰 자동으로 제한되는 거야. 그나저나 내 상태를 보고 주인의 능력이 형편없는 줄 알았는데, 역시 숨겨진 한 수가 있었군. 솔직히 블리자드 스톰 같은 최상급 마법을 사용할 수 있을 줄은 몰랐네."

"후우……."

"응? 왜 그러는가?"

나는 천연덕스럽게 할 말을 다 하는 엠페러를 보며 이마를 부여잡을 수밖에 없었다.

'태초의 계약… 그런 설정이었나.'

하기야 게임의 밸런스를 조절하기 위해 온갖 시스템이 존재하는 리버스 라이프였다.

이미 그 시스템 중 몇 가지를 몸으로 겪어본 바, 1레벨 캐릭터가 최상급 몬스터를 테이밍하여 먼치킨 플레이를 하는 것을 그냥 둘 리가 없었다.

이 녀석과 승부를 벌이기 전에 예상해야만 했다.

아니, 세계수를 나서기 전에 미리 생각을 해야만 했다.

'그래… 다 내 잘못이지. 빤한 것이었는데 엄청난 힘이란 말에 혹해서는…….'

나는 이내 고개를 절레절레 흔들고는 여전히 천진난만한 얼굴로 주변을 휩쓸 얼음 폭풍을 기다리는 엠페러를 들어 옆구리에 꼈다.

그러고는…….

"주인……?"

"튀어어어엇!"

다다다닷!

쿠어어엉!

한층 무거워진 몸으로 세계수를 향해 내달리는 내 뒤로 벨라에게 묶여 있던 방패가 바닥을 긁으며 경쾌한 소리를 냈다.

덜컥! 덜컹! 드르르르륵—!

쿠와와왁!

키게게엑!

꾸어어어어엉!!

숲속 몬스터가 모두 튀어 나올 만큼 경쾌한 소리를 말이다.

포근하다.

처음 느낀 감각은 그것이었다.

기대 있는 얼굴에, 허전하기만 하던 가슴에… 차가운 몸 곳곳으로 따듯한 온기가 스며들었다.

'나… 꿈을 꾸는 걸까?'

포근하고, 단단하고, 따듯하고, 부드럽고… 푹신한 침대에 엎드려 누운 듯, 혹은 따스한 이불로 온몸을 감싸고 벽에 기대앉은 듯, 기분 좋은 감각이 계속되었다.

사락—

'아, 바람……!'

그런 따듯한 감각 속에서도 어디선가 불어오는 바람의 감촉이 얼굴을 간질이며, 이젠 일어날 시간이라고 깨우는 듯했다.

'우웅~!'

쭈우욱!

포근함에 늘어져 있던 몸을 크게 기지개를 켜며 바로 세워보지만, 이내 노곤한 감각에 다시금 부드러운 그곳에 머리를 기댄다.

잠꾸러기의 앙탈 가득한 잠투정에, 볼을 스치던 바람이 귓가에 대고 속삭인다.

소곤소곤.

"…줘……."

'우웅~ 뭐라고?'

"…려."

'후훗, 너무 작아서 잘 안 들리는걸?'

자신들의 말이 잘 들리지 않는다는 것을 깨달은 걸까?

귓가에 번갈아 바람을 불어넣던 바람의 요정들이 웅얼웅얼 말하기 시작했다.

"버… 자!"

"…만… 자!"

'만… 자? 후훗, 그만 자?'

작은 바람의 요정들이 무어라 말하는지는 쫑긋 세운 귀로도 여전히 들을 수 없지만, 어느 정도 그들의 당황스러움은 전달이 되었다.

'그럼 이만… 일어나 볼까?'

이제는 그만 일어나야 할 때. 요정들에게 심술을 부리는 것은 이만하면 됐다.

벨라는 꼭 감고 있던 눈을 떴다.

반짝!

쐐에에엥!

'으윽!'

바람이 닿는 얼굴이 차갑다.

벨라는 떴던 눈을 다시 질끈 감았다.

다행히 바람을 막고 있는 무언가가 조금 전 꿈의 근원인 듯, 포근한 열기를 계속해서 전해 주고 있지만, 그와 직접 맞닿아 있지 않은 몸의 틈새로 차가운 바람이 마구 스며 들어왔다.

'으윽! 추워!'

꼬오옥!

조금이라도 온기를 전해 받고자 온 힘을 다해 따듯한 그것을 끌어안았다.

그러자…….

"크허억! 앤 또 왜 이래!"

"그러게 버리자니까!"

"안 돼! 일단 방패만 버리자! 방패를 미끼로 쓰고, 다음에 한 번 더 위험해지면… 그때 버려도 늦지 않아!"

"음, 미끼를 나눠서 쓰자는 거군!"

"그렇지!"

덜컹덜컹!

이게 대체 무슨 소란일까?

선명하게 들려오는 두 개의 목소리에 인상을 찌푸리며 눈을
뜬 벨라는 문득 자신의 허리춤을 격렬하게 더듬는 징그러운 손
길에 화들짝 놀라며 크게 소리를 질렀다.

"꺄아아아아아아악!!"

"으아아악! 귀에 대고 소리 지르지 마!"

"이런 젠장! 깼다!"

자신을 더듬는 불쾌한 감촉에 재빨리 몸을 일으켰던 벨라지
만, 상황 파악을 하는 데 있어서는 빠르지 못했다.

그도 그럴 것이, 주변이 워낙에 난장판이었다.

드르르륵! 덜컹! 덜커덕!

쿠와와악!

기게게게엑!

"야, 일어났으면 내려!"

"주인! 지금이다! 깨어난 이상 적당히 던져도 안 죽을 테니
까!"

"이… 이게 대체!"

자신을 등에 업고 달리는 제로야 그렇다 치고, 그 옆에서 뛰
어가는 저 생물은… 분명 쓰러지기 전에 마주친 북쪽 숲 전설의

동물이었다. 그런 둘이 서로 티격태격하며 앞으로 달려 나가는 모습은 꿈에라도 상상할 수 없을 만큼 괴리감이 넘쳤다.

뿐만 아니라 아까부터 자신의 허리를 팽팽하게 조여오는 감각은 분명 방패의 감촉. 뒤에서 들려오는 우당탕, 소리와 몬스터들의 울음소리가 고개 돌리기를 망설이게 했다.

그때, 제로가 처절한 목소리로 외쳤다.

"야! 일어났으면 뭐라도 해봐!"

"어? 응!"

당혹스런 와중에도 제로의 말에 반응한 벨라의 몸이 저도 모르게 허리의 방패 끈을 잡아당겼다.

그러자 동네방네 몬스터들의 어그로를 끌던 방패가 마술처럼 그녀의 손으로 빨려 들어왔다.

그걸 보던 제로의 눈이 무언가를 깨달았다는 듯 크게 떠졌고, 이내 달려가던 몸을 멈춰 세우며 외쳤다.

"벨라! 너로 정했다!"

"에엑? 뭐? 끼야아아악!!"

부웅!

꾸에엑!

키게엑!

허공을 가르며 날아간 그녀의 착지 지점으로부터 몬스터들의 신음성이 울려 퍼지고, 그런 모습을 뒤에서 지켜보던 제로가 이마를 쓱, 닦으며 중얼거렸다.

"후, 소환수가 하나 더 있어서 다행이야."

태연하게 중얼거리는 제로의 모습을 보며, 엠페러의 눈초리가 가늘어졌다.

Chapter 5

탈출

칸에게 혼났다.

결론만 말하자면 그랬다.

사실 혼나는 게 당연하기도 했다.

나야 인간이고 죽어도 살아나는 몸이긴 하지만 어쨌거나 마을의 손님 입장이고, 벨라는 마을의 예비 전사 신분이니, 책임자나 다름없는 칸 입장에선 걱정할 만도 했다.

물론 떠나기 전의 행동을 보면 벨라가 죽지 않을 거라는 사실 정도는 알고 있던 듯싶지만 말이다.

그리고 내가 데려온 엠페러에 대해서는… 의외로 별말이 없었다.

마을에 대대로 내려오는 전설의 동물을 보고도 호기심을 갖기보다는, 어째선지 엠페러와 눈 마주치는 것을 피하는 것처럼 보였다.

잘은 모르겠지만, 엠페러를 데리고 처음 마을에 들어왔을 때 전설의 출현 소식을 듣고 모여든 몇몇 엘프 전사를 보며 '작은 코끼리'라고 말한 직후부터였던 것 같다.

그 시간부로 칸이 나와 대화할 때 조교 모자를 얼굴이 안 보일 만큼 눌러쓰기 시작했으니 말이다.

뭐, 어찌 된 일인지는 모르겠지만, 덕분에 본래 여자 엘프들만 다가오지 않던 상황에서 이젠 남자 엘프들조차도 내 주변에서 멀어지게 되었다.

엘프 마을에 생활하면서도 엘프를 보기 힘들어진 것이다.

그래선지 세계수에 오기 전 엘프 마을로 간다는 말에 글꼴이 바뀐 목소리를 내던 엠페러는 최근 시무룩해진 모습으로 내가 훈련 받는 모습만 지켜보곤 했다.

훈련 받는 모습이 재밌어서 본다기보다는 그냥 주인 곁을 맴도는 소환수의 본능과 이 마을에서 유일하게 스스럼없이 내 주변을 돌아다니는 벨라 때문이리라.

그렇게 훈련을 받기 시작한 지 70일째가 되던 날이었다.

"흐어어억!"

"주인, 그럴 땐 뒤를 봐야지!"

"이야아압!"

"벨라 양, 힘으로 막아서지 말고, 방패를 비스듬히! 공격을 흘려보내야지!"

최근 이십여 일간 우리의 훈련을 지켜보던 엠페러는 심심했는지 수백 년간 쌓인 자신의 싸움 노하우를 전수하기 시작했다.

물론 같이 훈련을 할 수 있다면 좋았겠지만, 애당초 훈련 내용이 수비와 도주에 집중된 탓에 엠페러의 짧은 다리는 이런 훈련과 어울리지 않았다.

게다가 지금의 엠페러는 체력 말고는 아무것도 없는 상태가 아니던가.

오히려 주변을 쫄래쫄래 따라다닌다면 민폐만 될 게 뻔했다.

그런 상황에서 시작된 엠페러의 심심파적 싸움 강의는 수백 년 세월이 허송세월이 아님을 증명이라도 하듯 제법 시의적절하고 쓸모 있는 것들이 많았다.

"주인, 더 빨리 움직여야지!"

'이미 최선을 다하고 있거든?!'

"벨라 양, 방패의 충격으로 뛰어서 피해!"

'니가 해봐, 이 망할 펭귄아!'

물론 초반에는 말이다.

엠페러가 훈수를 두기 시작한 지도 20일째.

사실상 스텟이 성장하지 않으면 바뀌지 않을 나에 대한 훈수 레퍼토리는 이미 15일 전에 바닥이 난 상태고, 서서히 발전 중이긴 하지만 여전히 방어적 방패술에 힘들어하는 벨라 역시 10일 전부터 매번 같은 소리만을 반복해서 듣고 있었다.

즉, 훈수가 잔소리로 변해 버렸다는 것이다.

"주인, 거기서는⋯⋯!"

"야! 그만하고 내려와! 니가 해봐!"

"허허, 주인. 이 몸은 주인 때문에 힘을 봉인당한 몸인데, 그런 게 될 리가 있나."

그 짧은 다리, 날지도 못하는 날개로 어떻게 그런 곳에 올라갔는지⋯ 몬스터의 공격이 닿지 않는 나뭇가지에 앉아 여유롭게 대꾸하는 엠페러의 모습에 불끈 이마 위로 힘줄이 솟았다.

두두두두!

그리고 때마침 내 앞으로 돌진해 오는 매드니스 보어, 말 그대로 미친 멧돼지를 보며 똑바로 섰다.

"주인, 매드니스 보어의 돌진은 방향 전환이 매우 빨라! 그렇게 앞에서 피하지 말고 나무 같은 곳에⋯⋯."

내 행동을 보며 신나게 훈수를 두기 시작한 엠페러지만, 이내 울려 퍼진 내 목소리에 나머지 말은 이어지지 못했다.

"소환! 엠페러!"

파아아앗!

"숨어서 그 뒤를… 으잉?"

하얀빛과 함께 내 앞으로 소환된 엠페러가 급격히 가까워지는 매드니스 보어를 보며 당혹성을 내뱉는 사이, 내 손이 엠페러의 다리를 잡았다.

덥석!

"주, 주인?"

"엠페러……."

"왜… 왜 부르는가?"

"너로……!"

스윽!

"자, 잠깐……!"

주인의 손길이 예사롭지 않음에 불길함을 느낀 엠페러가 날개를 파닥이며 손사래를 쳤지만, 마운드 위에 선 투수같이 포즈를 잡은 나에겐 이미 거칠 것이 없었다.

"정했다아앗!!"

"주! 주이이이이인!!"

쐐애애애액!

1레벨 초보자라곤 믿을 수 없을 만큼 무지막지한 힘에 의해 쏜살같이 허공을 가르는 엠페러의 목소리가 점차 멀어져 갔다.

그리고 잠시 뒤.

푸슉!

꿰에에에엑!

숫구치는 선혈과 함께 이마에 엠페러를 들이받은 매드니스 보어가 왔던 길을 따라 질주하기 시작했다.

두다다다다!

'주… 주인! 주인! 주이이이이이이이이이인!!'

부리가 박혀 속으로 제 주인을 애타게 찾는 엠페러와 그것을 이마에 박은 매드니스 보어의 모습이 완전히 내 시야에서 사라질 무렵, 나는 조금 전 매드니스 보어가 되돌아간 자리를 보며 눈을 크게 떴다.

"이건……?"

그리고 그때, 조용히 다가온 그림자 하나가 매드니스 보어의 흔적에 집중해 있는 나의 등 뒤에 턱, 손을 올리며 말했다.

척!

"잘했어!"

근래에 본 벨라의 웃음 중 가장 상쾌한 미소였다.

훈련 71일째.

어제의 일이 있은 후, 엠페러는 조용해졌다.

너무 큰 충격을 받아서 그렇다고 생각할지도 모르겠지만, 사실 정신적인 것보다 물리적인 이유가 더 컸다.

바로 엠페러가 훈련을 함께하게 된 것이었다.

그로 인해 우리의 훈련 방식도 완전히 궤를 달리하게 되었다.

"소환! 엠페러!"

파아아앗!

어제와 마찬가지로 새하얀 빛과 함께 내 앞에 나타난 엠페러의 표정이 사뭇 비장했다.

덥석.

끄덕.

다시금 발목을 잡힌 엠페러와 나의 시선이 허공에서 마주치고, 우리 둘의 고개가 끄덕여질 때, 내 목소리가 숲속에 울려 퍼졌다.

"펭귄 소드 장착!"

"차아아아압!"

처억!

번—쩍!

소드라고는 했지만 칼이랑은 크게 상관없어 보이는 유선형의 동체, 칼이라기엔 날 부분이 지극히 한정적인 그것… 펭귄 소드가 햇빛을 받아 부리만 빛났다.

"받아랏! 이게 바로 우리의 합동 공격이다!"

푸슉! 푸슉!

끼엥! 끼잉!

엠페러의 부리에 베이고 찔린 몬스터 녀석이 예상 밖의 공격에 당황한 듯 앓는 소리를 내며 주춤주춤 물러섰지만, 그동안 당한 세월이 있는 내가 녀석을 그대로 둘 리가 없었다.

"어딜 도망가려고! 받아랏! 펭귄 출격!"

"발사!"

쐐애애애액!

어제의 데자뷰를 보는 듯 허공을 가르고 날아간 엠페러의 부리가 뒤돌아 도망가려던 몬스터의 엉덩이에 꽂혔다.

푸욱!

캐갱!!

고통스러운 비명을 지른 몬스터가 꼬리가 빠져라 도망가는 모습을 보며, 나는 여전히 녀석의 엉덩이에 부리를 박은 채 꼿꼿한 칼의 모습을 하고 있는 엠페러를 향해 손을 뻗으며 말했다.

"소환… 엠페러."

파아아앗!

짜―안!

소환 직후의 포즈를 연구하기라도 한 것일까?

엠페러는 보통 사람은 이해할 수 없는 전위적인 포즈를 취하며 빛무리에서 나타났고, 나는 돌아온 녀석과 눈을 맞추며 한 손을 뻗었다.

그러자…….

처얼썩!

손바닥과 날개가 부딪치는, 찰진 소리와 함께 주인과 소환수 간의 신뢰를 확인한 우리는 손을 들어 올리며 환호했다.

"좋았어! 엠페러! 우리의 첫 승리다!"

"완벽했다, 주인!"

덩실덩실.

각자만의 포즈로 승리의 기쁨을 만끽하던 우리는 서로 얼싸 안고 춤까지 추기 시작했다.

"완벽했어! 엠페러!"

"주인!"

"이제 우린 무적이야!"

"주이이인!!"

울음과 환희가 뒤섞인 감격의 순간, 뒤에서 우리의 모습을 지켜보던 벨라가 달려드는 몬스터의 머리를 한 방에 깨부수며 말했다.

"지랄들 하네."

퍼걱!

"아하하하하!"

"하하하하!"

그 후로도 한동안 숲속에는 한 인간과 펭귄의 즐거운 웃음소리가 울려 퍼졌다.

훈련 78일째.

펭귄 소드의 개발 이후 일주일. 아무짝에도 쓸모없던 단검 대신 날이 잘 드는 칼로 바뀐 것뿐이지만, 우리의 전력은 크게 상승해 있었다.

그간 도주용으로밖엔 사용하지 못하던 엘프 비전을 공격용으로 사용할 수 있게 됨에 따라 사실상 엘프 전사와 동급의 전력을 갖추게 되었다.

물론 공격 수단이 일반 공격에 한정되는 만큼 강력한 스킬로 몬스터를 잡지는 못하지만, 피해를 입혀 도망가게 할 정도는 되었다.

뿐만 아니라 그에 대한 시너지 효과로 공방 모두를 맡던 벨라에게 여유가 생김으로써 조금 더 안전하게 움직일 수가 있었다.

그리고 오늘, 나는 에고 소드 엠페러와 말다툼을 하는 중이었다.

"슈퍼 데스 데몬 킬링 그랜드 슬래시가 좋다니까!"

"주인, 그렇게 긴 이름을 싸우는 도중에 어떻게 쓸 건데! 핸섬 펭귄이라니까!"

"그만 좀 해, 이 멍청이들아!"

"핸섬 펭귄이 무슨 의미야, 대체! 스킬 이름은 일단 멋있고 봐야지!"

"핸섬은 멋있다는 뜻이라고, 주인!"

우리의 싸움을 듣다 못한 벨라가 짜증을 내며 소리쳤지만, 이미 흥분할 대로 흥분한 우리에겐 씨알도 안 먹힐 소리였다. 아니, 그보다도 벨라의 발언권이 약해졌다는 표현이 어울릴 것이다.

최근 펭귄 소드라는 기괴망측한 기술이 파티에 성공적으로 정착함에 따라 잉여롭던 나와 엠페러의 가치가 높아지면서, 파티 내에서 벨라는 왕따 아닌 왕따를 당하는 중이었다.

사실 왕따라기엔 평소에 너무 친하고 호흡도 잘 맞지만, 나와 엠페러 간의 이야기가 되면 끼어들지 못하고 한 발짝 물러나게 되어 있는 정도의 아주 미묘한 포지션이었다.

투닥투닥!

"이것들이……."

빠직!

그렇게 자신의 발언이 묻혀가는 것을 지켜보던 벨라가 자신의 방패를 들고 자리에서 일어났다. 그러고는… 가볍게 파티에서 자신의 위치를 정리했다.

쾅—!

푸스스—

거대한 타워 실드가 땅바닥을 내려치는 소리와 함께 나와 엠페러의 눈이 동그랗게 떠지며 벨라에게 향했다.

그러다 곧 벨라의 이마에 솟아오른 혈관 마크를 보며 쪼르르 달려가 서로 억울하다는 듯 상대방을 가리켰다.

"하지만 엠페러가……!"

"그치만… 주인이……!"

"이것들이……."

싸우는 형제들과 그걸 말리는 어머니의 모습이 이러할까?

한 동물과 한 인간의 어린애 같은 말다툼을 보며 한숨을 내쉰 벨라는 우선 이 일의 발단이 된 근본적인 문제부터 지적해 들어갔다.

"어휴, 애당초 둘 다 안 어울려. 제로, 너는 휘두르긴 하지만 공격은 엠페러가 하는 거니 슬래시는 어울리지 않고, 엠페러,

너는… 핸섬 펭귄이라고 하면 대체 무슨 스킬이 연상되는 거냐?"

찔끔.

벨라의 정확한 지적에 각자 한발 물러섰지만… 그게 끝은 아니었다.

"하지만… 일단 휘두르기는 하고… 어디까지나 스킬 발동은 내가 하는 거잖아!"

"발동은 하지만 어차피 공격은 내가 하잖아, 주인! 그러니까 주체가 되는, 펭귄이란 단어가 들어가야지!"

옥신각신.

혼내고 떼어놓기가 무섭게 다시 달라붙어 투닥거리는 두 수컷들을 보며 한숨을 내쉰 벨라는 말리기를 포기했다.

그렇게 그녀가 자리를 잡고 앉는 사이, 나는 스킬 창을 열어 지금 이 상황의 원인이 된 스킬을 확인했다.

〔이름 : (미정)〕
분류 : 소환수 특수 합체기
조건 : 펭귄 소드 필요. MP 100
설명 : 해당 스킬을 사용 시 소환수의 순간 판단력과 반응속도가 상승하며, 적의 무기나 신체에 닿기 직전 소

환수의 판단하에 맞부딪치거나 회피, 혹은 반격한다. 소
환수의 지능, 상황에 따라 추가되는 공격력이 달라진다.

아직까지 이름이 없는 이 스킬, 조금 전 몬스터와의 싸움에서
생겨난 오리지널 스킬이었다.

오리지널 스킬이란 게임 내에 공식적으로 존재하지 않는 스
킬로, 유저의 반복 행동, 혹은 기발한 아이디어에 의해 생겨난
고유 스킬을 일컫는 말이었다. 다른 이름으로는 로또 스킬이라
고도 불리며, 그 효과는 로또라는 별명에 걸맞게 천차만별, 다
양하기 짝이 없었다.

그리고 지금 생겨난 이 소환수 특수 합체기라는 기묘한 분류
의 스킬은 그야말로 우연히 생겨난 것이었다.

엠페러를 칼 대신 쓰는 펭귄 소드의 주요 능력이라면 당연히
도 날카로운 부리에 있지만, 9,999라는 말도 안 되는 체력 스텟
과 천만에 달하는 무식한 HP를 가진 엠페러는 모든 공격을 흡
수하는 방패이기도 했다.

몬스터의 날카로운 이빨에도 엠페러의 두꺼운 가죽엔 생채기
하나 나지 않고, 돌격해 오는 몬스터와 맞부딪쳐도 전혀 아파하
지 않으며, 오히려 가까이 붙는다 싶으면 제가 알아서 부리로
쪼아 적에게 상처를 입히는, 그야말로 에고 소드라고 할 수 있

었다.

그리고 이런 방식의 전투가 계속되자 생겨난 것이 바로 이 펭귄 소드화된 엠페러의 능력치를 올려주는 기묘한 스킬이었다.

옵션을 보면 분명 소환수 버프에 가까운 스킬이지만… 실험 결과, 무기화한 상태에서 엠페러를 휘두를 때만 발동되고, 그 발동 시간도 말 그대로 무기끼리의 부딪침을 상정한 듯 굉장히 짧았다.

즉, 버프기라기보다는 공격 기술이라는 소리였다.

하지만 이 분류조차 애매한 스킬은 공식적으로 우리의 첫 고유 스킬이자, 나에게 있어 첫 번째 공격 스킬로서 기념비적인 의미를 가졌다.

그리고 서로가 그 기념의 주체가 되겠다는 소환수와 주인 탓에 이런 말도 안 되는 논쟁이 벌어지고 있는 것이다.

"우리 첫 스킬인데, 최대한 임팩트 있게 가야지!"

"하지만 그렇게 긴 이름은 실전에서 사용 못한다니까? 지속 시간이 짧잖아!"

"그건… 맞는 말이지만."

사실 엠페러의 말은 전부 맞았다. 실전에서 사용하고자 한다면 길고 화려한 이름보다는 간결하고 효율적인 이름이 좋았다.

물론 뭔지도 모를 핸섬 펭귄 같은 것은 문제가 있지만… 어쨌거나 지금 내 반대 이유는 감성적인 데 원인이 있었다.

이제 와 순순히 고개를 끄덕일 수는 없는 노릇이기에.

소환수에게 끌려 다니는 주인이라니… 그건 너무 자존심 상하지 않는가.

이럴 때 누군가 중재를 해준다면 좋으련만, 애당초 여기엔 그럴 만한 사람이 없었으니…….

"바보들아! 둘 다 안 어울린다고! 내 말 듣고 있어?"

"맞는 말이면 역시 핸섬 펭귄이지!"

"아냐! 아무리 그래도……!"

음, 방금 무슨 소리가 났던 것 같은데…….

무언가 나와 엠페러의 대화에 끼어든 것 같은 기분이지만… 둘 모두 작게 고개를 갸웃거릴 뿐, 이내 각자의 말을 이어 나갔다.

그리고 그때.

콰앙!

푸스스스.

피어오르는 먼지의 틈새로 새파란 안광이 뿜어져 나오며 마치 지옥의 불구덩이 속에서 흘러나오는 것 같은 음산한 목소리가 우리를 설득했다.

"그 스킬 이름은… 펭귄 댄싱이다… 알겠지……?"

"예……."

"예."

띠링!

〔스킬명이 확정되었습니다.〕

〔오리지널 스킬, '펭귄 댄싱'을 습득하셨습니다.〕

그렇게 확정된 스킬 이름에 펭귄이 포함된 것에 대해 희희낙락하는 엠페러와 시무룩해하는 주인의 반응이 극명하게 갈리는 가운데, 다음 훈련에 대비해 휴식을 취하는 우리 앞에 검은 그림자 하나가 뚝, 하고 떨어졌다.

불쑥!

"으악! 깜짝이야!"

"후후, 뭘 그렇게 놀라는 거야?"

찰싹!

갑자기 나타난 그림자에 깜짝 놀라 물러서는 내 엉덩이를 가볍게 때린 칸은 어쩐지 만족스럽다는 표정을 지으며 위아래로 훑어봤고, 나는 본능적으로 칸으로부터 엉덩이를 멀리하며 엠페러 뒤로 숨었다.

최근 훈련에 벨라와 엠페러가 포함됨에 따라 나와의 일대일 훈련은 거의 하지 않던 칸이었다. 그래서일까, 최근 칸은 이렇게 불쑥 튀어나와 스팽킹을 시전하며 기묘한 웃음을 짓고는 했다.

그렇게 나의 반응을 차분히 지켜보던 칸이 이내 입을 열었다.

"후후, 최근 다들 훈련의 성과가 상당히 좋은 것 같더군. 그렇지?"

칸의 말에 우리 모두는 서로를 쳐다볼 뿐 대답하지는 않았지만, 그것이 딱히 칸의 말을 부정한다는 의미는 아니었다.

그저 칸의 물음에 그렇다고 대답해도 되겠냐고 서로에게 눈으로 허락을 구하는 과정이었다.

그때, 이런 우리의 분위기를 읽은 칸이 말을 이어 나갔다.

"뭐, 굳이 대답하지 않아도 좋아. 불과 며칠 전까지만 해도 몬스터들로부터 몇 시간 도망칠 수 있으면 대단한 일이었는데, 이젠 몬스터를 쫓아내고 여유롭게 휴식을 가실 수 있을 정도가 됐으니… 굳이 물어볼 필요도 없겠지. 그래서 말인데, 오늘부터는 조금 다른 훈련 방법을 제안하러 왔어."

그 말에 우리 셋의 시선이 모두 칸의 입으로 모였다.

그간 칸의 지독한 훈련에 시달려 온 나와 벨라는 불안한 시선이었고, 최근 여가 시간이면 자신이 알지 못하는 새로운 것을 찾아 여기저기 싸돌아다니는 엠페러는 호기심에 찬 시선이었다.

우리의 주목 속에 칸의 입이 열렸다.

"뭐, 그리 대단한 건 아니야. 실은 이만큼 전력이 됐으면…
이제 슬슬 실전에 도전해 볼 때도 됐다 싶어서 말이지. 애당초
여기 있는 제로를 마을 밖까지 자력으로 나갈 수 있도록 만드는
게 이 훈련의 목적이었으니까. 물론 지금 상태가 순수한 자력은
아니지만… 본인의 능력으로 동료를 모은 것을 부정할 수는 없
겠지."

물론 벨라야 훈련도 시킬 겸 겸사겸사 붙여주다시피 한 것이
긴 하지만, 북쪽 숲 사건이 있기 전까지 수동적이기만 했던 벨
라가 어느새 훈련에 적극적으로 참여하고 있다는 것만으로도
어떤 식으로든 그녀의 마음이 열린 것을 알 수 있었다.

"그러니 오늘 부터는 실전 훈련… 뭐, 지금까지도 실전 훈련
이긴 했지만… 어쨌든 여태까지 훈련 목표가 생존이었다면, 오
늘 이 순간부터는 인간 마을로의 진출이다. 지금 내가 가리키는
방향으로 약 이틀, 인간인 제로의 걸음을 기준으로 하면 삼 일
정도 걸리는 거리에 인간들의 마을이 있다. 그곳에 도착하는 것
에 성공할 때까지 도전하면 될 거야. 그리고 당연하지만 실패
시… 그에 상응하는 강화 훈련이 기다리고 있을 거다. 흐
흐……."

설명의 말미에서 어쩐지 음침하게 웃으며 쳐다보는 칸의 모습에 나는 그가 말하고자 하는 바를 정확히 알 수 있었다.

어차피 엠페러랑 벨라야 일반적인 훈련의 대상이 아니니 그걸 빌미로 한바탕 해보자는 의미였다.

'그렇다면 절대로 실패할 수 없지!'

그토록 얻고자 했던 인간 마을과 관련한 정보를 예상 밖으로 손쉽게 얻어낸 것에 대해 기뻐하기도 전에 칸의 검은 속내를 알아차린 나는 설레는 마음을 다잡았다.

'이번에야말로! 파라다이스!'

뭐, 조금 다른 의미이긴 했지만…….

어쨌든 급조된 훈련에 곧장 참여하게 된 우리는 휴식이 끝나는 즉시 새로운 훈련에 돌입하는 것으로 합의했다.

실패 시 페널티를 생각하면 조금 더 신중해야 할 테지만, 사실 그런 것보다도 나에겐 3일 내에 이 퀘스트를 완료해야만 하는 특별한 이유가 하나 있었다.

'음, 현실 시간으로 약 16시간 정도 남은 건가? 이곳 시간으로 3일이 조금 못 되는군.'

현재 시각은 현실 시간으로 따져 오후 4시.

나에게 주어진 시간은 16시간.

이 16시간은 내일 오전 8시, 내가 학교를 가기 전까지 남은 시간이었다.

'학교까지 그리 멀지는 않지만… 등교 첫날부터 아슬아슬하게 갈 필요야 없겠지.'

비록 학교에 대한 경험이 적긴 하지만, 그보다 앞서 겪어본 사회생활을 통해 일을 시작하기 앞서서 갖는 짧은 티타임이 사교 활동에 얼마나 도움이 되는지 잘 알고 있는 나였다.

조용히 학교를 다닌다곤 하지만 그게 '외롭게' 라는 말과는 다른 의미인 바, 내일은 학교생활에 도움이 될 만한 친구를 사귀어볼 생각이었다.

'그러기 위해선… 주어진 시간 내로 이걸 마무리해야겠지.'

〔탈출! ─ NPC 지정 퀘스트〕

고대 드래곤의 장난으로 만들어졌다는 소문이 도는 숲, 케이안.

마법으로 이루어진 기묘한 지형에 대륙에서 손에 꼽는 흉포함을 지닌 괴수들이 지천에 깔린, 지옥을 방불케 하는 그곳에 나타난 이방인 모험자.

하지만 지금의 모험자는 이 숲을 빠져나가기엔 너무 약했는데…….

우연히 모험자와 인연을 맺게 된 케이안 마을의 전사장 칸 엘누는 모험자에게 무례를 범한 대가로 그에게 이곳을 빠져나갈 힘을 전수하기로 한다.

지금이 기회다!

전사장 칸 엘누의 가르침을 받고 혼자서 케이안 숲을 빠져나갈 수 있을 만큼 강해져라!

시간 : 무제한

보상 : 무제한

성공 조건 : 케이안 숲을 자력 탈출한다

실패 조건 : 칸의 실패 인정

실패 페널티 : 케이안 숲 엘프들과의 우호도 하락, 엘프 종족과의 거래 시 페널티 발생, 케이안 숲에 입장 시 비웃음이 들립니다. 칭호 쫌생이 획득

오랜만에 띄운 퀘스트 목록에 있는 유일한 퀘스트가 활성화되며 내용을 보여줬다.

'여전히 보상은 무제한이군.'

이전에 벨라와 만나 생겼던 실드 메이든이라는 보상은 벨라의 인간 남자에 대한 오해를 풀어냄과 동시에 사라져 다시 본래

의 무제한 상태로 돌아와 있었다.

여전히 구체적인 퀘스트 보상은 나와 있지 않지만, 이렇게 되고 보니 그 내용을 대충은 알 법했다.

칸을 통해 얻게 된 무지막지한 스텟 수치와 엘프 비전, 그리고 몬스터와의 싸움 경험 등… 그런 모든 것들이 이 퀘스트의 보상이리라.

뭐, 이런 소리를 하면 해적왕이 되기 위해 나선 어떤 철부지가 천신만고 끝에 도착한 보물섬에서 '보물은 바로 이곳까지 오며 함께한 동료들과의 용기와 우정이다!' 라는 쪽지를 받은 것 같은 기분일지도 모르지만…….

중구난방이긴 하지만 많은 스텟과 엘프 비전은 게임 후반을 생각하면 충분히 좋은 보상이고, 각종 고급 몬스터들과의 싸움 경험은 필시 이후 게임 진행에 도움이 될 터였다.

물론…….

'이 게임을 앞으로도 계속한다면…이라는 전제에서이긴 하지만.'

어차피 당장 내일부터는 학교에 가게 될 테고, 자연스레 게임 시간은 줄어들 수밖에 없었다.

여전히 대륙 남쪽의 파라다이스로 간다는 목표가 있는 만큼 여태 고생한 보상을 위해서라도 한동안은 게임을 할 테지만, 목적을 이룬다면 그 이상 게임을 할 생각은 없었다.

'애당초 버그 캐릭터고 말이지.'

버그 캐릭터라고 해봤자 버그를 이용해 부당한 이득을 얻거나 한 것도 아니지만, 아버지의 완벽한 설정을 해치는 게 나라는 것은 아무래도 마음에 들지 않았다.

'뭐, 딱히 가진 것도 없긴 하지만……'

어차피 스텟이야 마음먹고 노가다를 한다면 누구라도 나만큼은 키울 수 있었다.

물론 그만큼 엄청난 각오를 필요로 하겠지만, 아주 불가능한 것만은 아니었다.

불새의 축복은… 확실히 기연이긴 했다. 하지만 그런 특별한 능력도 나 같은 초보자 유저한테는 큰 의미가 없었다.

그리고 엠페러의 경우는…….

부스럭부스럭.

쿵쿵! 스으으읍!

어디서 가져온 것일까? 그리고 어디서 꺼낸 것일까?

누가 봐도 속옷으로 보이는, 삼각형의 화려한 천 조각을 부리에 얹고 숨을 크게 들이마시는 녀석을 보고 있자니, 과연 저게 그렇게나 대단한 영물인가 싶었다.

펭귄 소드처럼 어처구니없는 기술이 가능한 것을 보면 비범한 면모가 있긴 하지만…….

스으읍! 파하!

시무룩.

"왜?"

"세탁을 마친 것이군. 하기야 빨랫줄에 널려 있던 걸 가져온 거니……."

"……."

별로 표정이 드러나지 않는 동물임에도 시무룩해진 것이 선명하게 드러나는 녀석의 뒤통수를 보며 손이 근질근질했지만, 참기로 했다.

괜히 지금 괴롭혔다가 이제 곧 출발할 모험에서 도와주지 않으면 다시 엘프 마을로 귀환해야 할 테니 말이다.

그때, 그런 엠페러의 모습을 한심하게 쳐다보던 벨라가 벌떡 일어나며 말했다.

"그럼 슬슬 출발하자."

"으응?"

벨라가 벌떡 일어나는 것을 보며 나를 대신해 엠페러의 뒤통수를 때리려는 것이라 착각했다. 앞으로의 여정에 엠페러가 꼭 필요한 만큼 녀석이 삐지는 상황을 미연에 방지하고자 벨라에 맞춰 동시에 일어났건만, 의외로 그녀가 태연한 모습인지라 오히려 내가 더 당황했다.

"왜 그래?"

"어? 아, 아냐……."

"아, 저거?"

당황이 묻어나는 내 표정을 읽은 것일까?

벨라가 태연히 시선으로 엠페러를 가리키며 말했다.

마침 엠페러는 아쉬움이 남는 듯 그 천 조각을 잡고 다시 한 번 숨을 들이쉬고 있었다.

척!

"걱정 마, 전사장님 거니까. 일부러 잘 보이는 곳에 걸어놨었지."

"……."

칸 녀석… 저런 것도 입는 거냐?

칸의 새로운 취향에 대해 알게 됨에 따라 녀석이 더욱 무서워졌다.

하지만… 그보다도 무서운 것은 벨라였다.

최근 자주 보는 엄지손가락 제스처와 함께 상큼하게 웃어 보인 벨라의 표정은 악의라곤 티끌만큼도 보이지 않는 순수함의 결정체였지만… 나는 그 화사한 미소 뒤편으로 사악한 악마의 모습을 보았다.

'벨라 녀석, 최근 똑똑해졌단 말이지…….'

아닌 게 아니라 실제로 그녀는 똑똑해졌다.

아니, 보다 정확히 표현하자면, 본래부터 똑똑했으나 배우려 하질 않아 제대로 아는 것이 없었다고 하는 게 맞았다.

실제로 그녀는 유저의 존재를 아예 인지하지 못했으니 말이다.

하지만 그 사건을 계기로 최근의 벨라는 훈련을 제외한 여가 시간 모두를 공부에 투자하고 있었다.

자존심이 무척이나 높은 그녀는 상식이 모자라다는 이유로 칸에게 혼난 게 억울한 듯싶었다. 거기에 최근엔 엠페러가 나에게 복속된 과정을 들으며 멍청한 엘프들이라는 평가를 받았다는 사실을 알게 된 뒤로는 더더욱 공부에 힘쓰고 있었다.

물론, 나와 만나고 얼마 안 되는 시간 동안 배워봐야 얼마나 배웠겠는가마는… 그저 공부하지 않았을 뿐, 본래부터 뛰어난 머리를 가지고 있던 벨라는 처음 만났을 때의 무식한 이미지에서 탈피해 최근에는 머리를 쓰기 시작했다.

바로 조금 전의 일처럼 말이다.

'나라도 조심해야지…….'

지난번 싸움 결과와 변태적 행동으로 이미 미운털이 박힌 엠페러는 돌이킬 수 없는 강을 건넌 상태지만… 나는 아직 괜찮았다. 아니, 괜찮을 것이다.

　…괜찮겠지?

　그때, 우리의 대화를 듣지 못한 듯 태연하게 뒤뚱뒤뚱 걸어온 엠페러가 그 화려한 천 조각을 가슴팍 어딘가로 쑤셔 넣으며 물었다.

　"이제 출발하는 건가, 주인?"

　"그, 그래……."

　분명 천 뭉치가 가슴팍으로 사라지는 것을 보았음에도 겉으로 아무런 흔적조차 보이지 않는 녀석의 몸이 신기하긴 하지만, 결단코 저 틈새에 호기심을 갖지 않으리라 다짐한 나였다.

　나는 분위기를 쇄신하고자 일행의 앞으로 나서며 힘차게 외쳤다.

　"자! 가자!!"

　끼아아악!

　끼게게게엑!

　쿠와앙!

　꿔게엑! 키이익!

　…….

　"주인……."

　"제로, 너……."

"미안하다……."

나의 출발 신호에 맞춰 울려오는 몬스터들의 화답에 한 펭귄과 한 엘프의 지긋지긋하다는 시선이 나를 향했다.

나는 조용히 펭귄을 향해 손을 내밀었고, 엘프는 등에 맨 방패를 풀어 앞으로 들었다.

속삭이듯 작아진 목소리가 우리가 선 공간에 울려 퍼졌다.

"자, 가자."

크와아앙!

나의 작은 목소리에도 몬스터들이 화답했다.

Chapter 6

늪지대가 나타나면 악어 떼가 나온다

세계수 지역을 벗어나 칸이 알려준 길을 따라 움직인 지 이틀째.
우리는 큰 문제에 봉착하고 말았다.

"배… 배가 고파……!"

"무우우울……."

처음 칸이 이틀에서 삼 일이 걸린다고 했을 때 알아차렸어야
했다.

설마하니 식량이 부족할 줄이야!

체력이 최대치인 엠페러는 상태가 꽤 좋은 편이지만 허기를
느끼는지 불편한 표정이었고, 나와 벨라는 극도의 허기에 시달

려 능력치 하락을 겪는 중이었다.

'제길, 처음에 미리 준비했어야 하는 건데…….'

처음 그 시작은 미미했다.

싸우던 도중 꼬르륵 소리가 나면 민망함에 웃음 짓고, 그걸 들은 일행들은 하하호호, 웃어 보였다. 하지만 그로부터 약 24시간이 지난 지금은 달랐다.

신경이 날카로워진 우리는 서로의 배 속에서 울리는 꼬르륵 소리가 더욱 허기를 느끼게 한다는 이유로 서로를 노려보았다.

'이런 간단한 것도 생각하지 못하다니… 이곳 생활에 너무 안일해져 있었어…….'

실제로 보통의 일반 유저였다면 어딘가를 갈 때 필수적으로 챙겼을 것이 바로 식량들이다.

정상적으로 게임을 즐겼다면 처음에 주어지는 최소한의 자원을 어떻게든 아껴보고자 주린 배를 부여잡고 생활해 봤을 테니 말이다.

그에 비해 나는 그런 점에 있어서만큼은 축복 받은 생활을 했다고 볼 수 있었다.

때가 되면 알아서 챙겨주는 밥을 먹으며 훈련만 하면 되는 것이었으니 말이다.

물론 그 훈련이 배고픔을 참는 것에 비해 훨씬 고통스러웠다고 자부하긴 하지만, 어쨌든 우리 일행은 모두 각자의 사정과 능력으로 배고픔 없는 풍족한 생활을 해왔던 입장이기에 음식이며 식수의 중요성을 까맣게 잊고 있던 것이다.

'과일이라도 있으면 좋으련만…….'

이틀째 끝도 없이 이어지는 숲을 걷고 있지만, 어째선지 세계수로부터 일정 구역을 벗어나자마자 보이는 나무라곤 아무런 열매도 열리지 않는 것들뿐이었다.

간혹 탐스러운 열매를 달고 향기로운 냄새를 흘리는 나무가 있어 다가가면 그건 반드시 식인 식물들이었다.

물론 그럼에도 불구하고 몬스터한테 달린 열매를 먹어보겠다는 일념으로 녀석을 잡아 열매를 시식해 보았지만… 그것은 몬스터의 일부분일 뿐, 먹을 수 있는 것이 아니었다.

마찬가지로 이 숲에서 등장하는 다른 모든 몬스터들을 먹는데도 도전해 봤지만, 애당초 어딜 어떻게 먹어야 할지 알 수 없는 녀석들부터, 먹자마자 각종 상태 이상과 끔찍한 맛을 내는 녀석들 탓에 금방 포기해야만 했다.

뭐, 덕분에 얻은 것도 있지만…….

〔독 내성 Lv. 1〕

스킬 레벨에 따라 독의 대미지를 경감시키고, 확률적으로 독에 완전 저항한다. 저항한 독에 대해 항체를 얻는다.

그래도 이런 흔한 공통 스킬보다는 먹을 것을 얻는 쪽이 좋았다.

꼬르르륵—

'이럴 때 자이언트 쉘이라도 만난다면……'

지금까지 수많은 몬스터들을 만나 녀석들의 고기를 먹어보고자 했지만, 모두 실패했다. 하지만 유일하게 하나 희망을 걸어볼 녀석이 남아 있었는데, 그게 바로 자이언트 쉘이다.

비록 징그럽게 생긴 다리를 가지고 있는 녀석이긴 하지만, 그걸 제외하면 외견상 평범한 조개와 다를 게 없는 녀석이었다.

물론 그런 생각을 가지고 잡은 매드니스 보어 같은 녀석들도 돼지고기 맛이 나지는 않았지만, 괴물 나무의 나뭇가지며 유령 몬스터의 보자기, 그리고 유달리 많이 보이는 좀비 몬스터들의 썩은 고기를 씹는 것보다는 나은 만큼, 조개에 대한 환상을 갖기엔 충분했다.

다만, 문제가 있다면…….

꼬르륵!

꼬로로록!

"배고파아아아아……."

"주인… 주인은 죽어도 살아나지 않나? 내가 아직 인간 고기를 먹어본 적이 없는데……."

…이 파티의 최고 전력들의 상태였다.

유저인 나는 허기를 느끼더라도 시스템상의 효과인 만큼 그게 당장 신체에 영향을 주지는 않았다. 공복 상태 이상이 스텟이나 공격력이 하락하는 효과는 있지만, 신체 활동 자체에 영향을 주지는 않는다는 것이었다.

그에 반해 엠페러와 벨라는 꽤나 심각한 상태였다.

이 둘은 리버스 라이프의 주민들. 이 세상에서 굶는다는 것은 단순히 스텟의 하락뿐만 아니라 생명 활동과 직결되는 문제로, 이 둘이 공복 효과로 20%의 능력치 하락을 겪을 정도가 되면 실제 전투에서는 50%의 힘도 낼 수가 없을 정도가 되어버린다.

'최소한 벨라만이라도…….'

나는 방패가 무거운지 허리를 숙이고 비척비척 걸어가는 벨라를 보며 그녀의 중요성에 대해 다시금 생각해야만 했다.

'유저인 나는 게임 감도를 최저로 설정하면 아사하는 순간까지도 버틸 수 있어. 무엇보다 나 혼자만으로는 전력에 보탬이 되지도 않을 테고, 또 엠페러는 최악의 경우 소환 해제를 할 수도 있겠지.'

물론 자율 인공지능을 가진 엠페러를 역소환한다면 다음에 소환했을 때 한참을 시달려야 할 테지만, 죽는 것보다는 훨씬 나았다.

'그에 반해 벨라는 그런 방법도 불가능하고, 정말 최악의 경우로 이곳에서 죽기라도 한다면 다음을 기약할 수가 없으니……'

현재 동료로 분류되어 있는 벨라는 정확히 말해 엘프 마을에서 임대해 온 용병 NPC. 그녀에게 있어 다음 기회는 없었다.

물론 NPC 동료 역시 계약을 통해 소환수화를 할 수는 있지만, 자존심 강한 벨라가 내 소환수가 되는 계약에 동의할 리가 없으니 만약 우리 중 무언가를 먹는 사람이 있다면 그건 무조건 벨라여야 했다.

'게다가 최강의 전력이기도 하고……'

나와 엠페러의 조합은 마나만 충분하면 몬스터 무리를 상대로도 밀리지 않을 만큼 강력하지만, 애당초 두 명이 있어야만 하는 우리는 연비가 안 좋을뿐더러 확실하게 처리하기보다는 꾸준히 상처를 입혀 도망치게 하는 것뿐이었다.

그렇기에 시간적으로 보나 뭘로 보나 손해일 수밖에 없었다.

그에 반해 벨라는 마음만 먹으면 이 숲의 몬스터들 정도는 얼마든지 학살할 수 있는 초강자. 효율부터가 다른 존재였다.

물론 인간 마을에 가까워질수록 점차 강해지는 몬스터들 탓에 벨라에게도 곤란한 상대들이 종종 나타나곤 했지만, 그럼에도 우리보다는 훨씬 나은 존재였다.

'하지만 이런 생각도 의미 없는 일이지……'

정말로 콩 한쪽이라도 있다면 모를까, 애당초 마실 물 한 모금조차 없는 우리 일행에게 누굴 먼저 먹이고 누굴 안 먹이고를 고민하는 것은 무의미했다.

그래서 난 생존을 위해 할 수 있는 것을 하기로 했다.

'그러고 보니 이쪽이 서쪽 에어리어인 거로군.'

세계수를 중심으로 동서남북으로 나뉘어 있는 네 개의 구획.

그중 우리가 가는 길은 서쪽에 해당하는 곳으로, 칸의 말에 따르면 숲을 벗어나는 데만 약 삼 일가량이 걸리는, 무지막지한 크기의 숲이었다.

'각 구획마다 특징이 있을 텐데 말이야……'

짐작이긴 하지만, 꽤 가능성이 있는 이야기였다.

일전의 북쪽 숲으로 갔을 때는 경계에 도달하자마자 맵에 서리가 내리며 정확히 경계임을 표현하듯 기온 차이를 느낄 정도였다.

그리고 동쪽 숲은 내가 처음 게임에 접속했을 당시 보았던 초원 지대로, 당시를 회상해 보면 마찬가지로 세계수의 경계 지점부터 자로 잰 듯 반듯한 숲이 시작되었던 것으로 기억하고 있다.

'게임은 게임이란 거겠지.'

마지막 남쪽 숲이야 경험해 본 적도 없고 들은 바도 없으니 알 수 없지만, 대충 그것만으로도 각각의 구역이 무언가 특징을 지니고 있다는 것을 알 수 있었다.

그렇다면 이곳 서쪽 숲에도 무언가 특별한 것이 있다는 의미일 터. 하지만 어째선지 이 숲에 들어온 후 접한 것은 평소 훈련을 하면서 봤던 세계수의 구역과 그다지 다를 바가 없었다.

'인간 마을과의 교역로 역할을 하는 곳이라 그렇다고 가정할 수도 있겠지만… 그러기엔 어제 분명히 경계를 봤단 말이지.'

엘프와 인간의 교역로 역할을 하는 서쪽 숲의 난이도를 상대적으로 낮추기 위해 밸런스를 맞췄다고 생각해 보기도 했지만, 일행의 최약체로서 언제나 주변을 주시하던 나는 분명히 이 서쪽 숲과 세계수 구역을 나누는 경계를 알아차릴 수 있었다.

물론 그 경계 부분이 다른 구역들에 비해 상대적으로 애매하기는 했지만, 이미 지역 두 개의 경계 구역을 경험해 본 바, 자로 잰 듯 일렬로 늘어선 나무가 벽처럼 보이던 서쪽 숲의 시작점은 분명하게 파악할 수 있었다.

'뭐가 숨겨진 거지?'

초원인 동쪽엔 괴물 토끼가 있고, 차가운 날씨의 북쪽엔 예티가 있었다.

둘 모두 각 지역의 특성을 반영하는 몬스터들로, 다른 일반 몬스터들에 비해 강력한 힘을 지닌 것을 떠올리면, 이곳에 있을 무언가도 굉장한 위협이 될 터였기에 반드시 미리 알아두는 것이 좋았다.

그리고 그때, 일행의 가장 선두에서 걸어가던 엠페러가 부리를 부여잡으며 멈춰 섰다.

"응? 왜 그래?"

"뭐야? 또 뭔데?"

바로 뒤를 따라가던 나와 벨라 역시 자리에 멈춰 섰지만, 박제라도 된 듯 엠페러가 그 자리에서 미동조차 않는 이유를 알수가 없었다.

"엠페러?"

쿡쿡!

파닥!

손가락으로 찌르자 귀찮다는 듯 날개를 파닥이며 신경질을 부리는 걸 보면 상태 이상 같은 것에 걸린 것 같지는 않지만, 여전히 말 한마디 않고 표정을 굳히고 있는 엠페러를 보고 있자니 무언가 있긴 한 듯싶었다.

심각한 표정이 된 나와 벨라가 전방을 훑어보던 그때, 몇 걸음 물러선 엠페러가 여전히 날개로 부리를 가린 채 코맹맹이 소리로 우리에게 말했다.

"냄새……."

"응?"

"거기… 냄새가 난다, 주인."

"킁킁, 무슨 냄새가 난다는 거야?"

　심각한 표정으로 말하는 엠페러의 모습에 주변을 둘러보며 코를 킁킁거린 나와 벨라지만, 아무런 냄새도 느껴지지 않았다.

　'동물의 후각이라는 건가?'

　정말로 싫다는 듯 남은 날개를 휘저어 주변 공기를 환기시키던 엠페러가 이내 진지한 목소리로 말했다.

"주인, 날 소환 해제시켜 다오."

"엥?"

"이곳을 지날 때까지 좀 부탁한다, 주인."

　설마하니 엠페러가 먼저 나서서 나에게 역소환을 부탁할 줄은 꿈에도 몰랐기에 눈을 동그랗게 뜨고 멍하니 있자 녀석이 재촉해 왔다.

"빨리! 이 냄새는 정말로 불쾌하다, 주인!"

"그, 그래… 소환 해제, 엠페러."

파이아아앗!

그렇게 엠페러의 기세에 밀려 역소환을 하긴 했지만, 엠페러로부터 들은 것이라곤 불쾌한 냄새가 난다는 것뿐이기에 나와 벨라는 어안이 벙벙할 뿐이었다.

"무슨 일이지?"

"그러게?"

서로를 보며 어깨를 으쓱거린 나와 벨라.

좋은 게 좋은 것이라고, 고민하던 부분의 일부를 엠페러 본인의 동의하에 해결할 수 있었기에 마음은 한결 편해졌다.

물론 엠페러가 느꼈다는 의문의 냄새가 수상하긴 하지만, 여전히 이곳 몬스터들 대부분을 상대할 정도의 힘은 남아 있는데다 유사시엔 엠페러를 다시 소환하면 되는 일이기에 크게 걱정되지는 않았다.

'이제 남은 것은 먹을 것을 찾는 일뿐인가?'

만약 먹을 게 발견되었다면 가장 신경 쓰였을 엠페러였다. 녀석이 없는 지금이야말로 벨라가 음식을 독점할 수 있는 가장 최고의 순간인 만큼 될 수 있으면 모두의 안전을 위해서라도 이 지역에서 음식을 찾을 수 있기를 바랐다.

우끼긱! 끼긱!

"응?"

기괴한 울음소리.

이 숲에 들어와 아직 한 번도 들어본 적 없는 몬스터의 울음소리가 머리 부근에서 들려왔다.

'하필 이럴 때!'

엠페러도 없고 벨라도 한껏 지친 이 상황에서 몬스터가 나타나다니, 그야말로 최악이라고 할 수 있었다.

물론 그 몬스터가 무엇이든 간에 당장에 죽지 않을 자신은 있지만, 앞으로 약 하루가량 이 숲을 더 걸어가야 한다는 것을 생각하면 단 한 번의 전투라도 줄이는 게 유리했다.

스—윽!

척!

나는 유사시 엠페러를 뽑아 들 수 있도록 다리를 벌렸고, 위험을 감지한 벨라 역시 지친 몸으로 방패를 앞세우며 자세를 낮췄다.

하지만…….

우끼이이익! 끼기긱!

우끽긱!

"…그냥 가는 건가?"

머리 위 높게 자라난 나무의 가지 사이로 자유롭게 오가며 순식간에 멀어져 가는 몬스터 무리들은 우리는 안중에도 없다는 듯이 어떠한 반응도 보이지 않았다.

'원숭이?'

그런 녀석들을 보면서 알아낸 것은 몬스터의 정체가 원숭이였다는 것 정도?

물론 보통 우리가 생각하는 원숭이의 크기를 한참 넘어 사람만 하긴 했지만, 어쨌거나 그 겉모습만큼은 원숭이가 분명했다.

"어딜 가는 거지?"

숲의 한 방향을 향해 바쁘게 달려가는 녀석들의 빨간 뒤꽁무니를 바라보던 나는 녀석들이 완전히 시야에서 사라질 무렵, 여전히 경계 태세로 서 있는 벨라를 불렀다.

"벨라, 이제 괜찮아. 다 갔어."

"……."

"벨라……?"

어째선지 불러도 대답이 없는 벨라의 모습에 불안감을 느낀 내가 조심스럽게 다가가자, 그녀는 그제야 정신을 차린 듯 스르륵 자리에서 일어섰다.

"휴, 사람 좀 놀래키지 마."

"……."

미동조차 않는 모습에 움직이지 못하는 것은 아닐까, 내심 노심초사하던 나는 자연스럽게 움직이는 벨라를 보며 안도의 한숨을 내쉴 수 있었다.

그때, 자리에 서서 원숭이들이 멀어진 곳을 지그시 바라보던 벨라가 중얼거렸다.

"과일……."

"응?"

"과일……."

"과일? 이 일대엔 없는데……."

너무 배가 고픈 나머지 헛것이 보이기라도 하는 것일까?

나로선 찾을 길 없는 과일을 중얼거리며 원숭이들이 지나간 자리를 빤히 쳐다보는 벨라였다.

꾸울꺽—

"냄새… 냄새가 나……."

"냄새라고?"

유저는 맡을 수 없는 냄새가 이 숲에 퍼져 있기라도 한 것일까?

침까지 삼키며 중얼거리는 벨라의 모습은 엠페러와는 사뭇 다른 반응이지만, 표정의 진지함만큼은 크게 다르지 않았다.

'하지만 정말 아무 냄새도 못 맡겠다는 말이지… 나만 빼고 단체로 환각제라도 맡은 거야, 뭐야?'

연신 코를 들이밀고 냄새를 맡아본 나지만, 내 후각에 닿는 것이라곤 숲의 푸르른 녹음밖에는 없었다.

그런 내 행동에는 관심이 없다는 듯, 마치 홀린 것 같은 모습으로 멍하니 원숭이들이 사라진 나무를 쳐다보던 그녀는 이내 참지 못하고 몸을 날렸다.

"과일 냄새……."

파파팟!

"어? 어어? 벨라! 잠깐!"

한마디 상의도 없이 순식간에 몸을 날려 사라진 벨라는 조금 전 원숭이들이 간 길을 따라 달렸다.

"젠장, 진짜 왜 저러는 거야!"

벨라가 돌발 행동을 하는 이유를 알 도리가 없는 나로서는 뭐가 됐든 따라가는 수밖에 없었다.

그도 그럴 것이, 벨라야말로 나를 이 숲 밖으로 안내할 최고의 조력자가 아니던가. 만일 이대로 벨라를 잃어버리면 다음에 눈을 뜨는 곳은 다시 엘프 마을의 숙소일 것이다.

"야! 같이 가!"

부웅— 부웅!

오랜만에 꺼내 든 단검이 묵직하게 허공을 가르고, 그로부터 얼마 지나지 않아 단검으로부터 나는 소리가 점차 날카로워지기 시작했다.

쒸익! 쉬이익!

그리고 마침내 단검의 뭉툭한 칼날이 날카로운 예기를 품기 시작할 무렵, 내가 원하는 음성이 들려왔다.

쒜에에엑!

띠링!

〔엘프 비전이 발동합니다.〕

〔숲에서 몸이 50% 가벼워집니다.〕

〔민첩성이 200 증가합니다.〕

〔체력이 100 증가합니다.〕

"역시 스텟이 낮아지니 발동 자체도 오래 걸리는군."

다급한 마음과는 달리 평소보다 느릿하던 몸짓 때문에 더 늦게 걸리는 엘프 비전이었다. 게다가 마나량도 평소보다 더 낮아진 상황. 최대한 빨리 따라가야만 했다.

파바밧!

후웅!

"같이 가자고!"

전보다 훨씬 빨라진 발놀림으로 땅을 박차자 주변의 경관이 휙휙 바뀌어 나갔다.

이 정도 속도라면 따라잡는 게 그리 어렵지만은 않으리라.

그 순간, 내 뒤로 작게 모래바람이 일었다.

스스슷…….

작은 모래바람을 끝으로 모두가 사라진 자리.

그곳의 나무 그림자로부터 불쑥 누군가가 튀어나왔다.

"흠, 이런 상황은 곤란한데……."

파밧!

알 수 없는 말을 중얼거린 인영은 가벼운 몸놀림으로 나무 위에 올라섰고, 이내 몇 번 냄새를 맡는가 싶더니, 무엇인가 발견한 듯 심각한 표정으로 다시 한 번 중얼거렸다.

"역시… 시기가 좋지 못했군……."

여전히 의미를 알 수 없는 말이긴 하지만, 그 목소리에 담긴 불안과 당혹스러움만큼은 확실하게 읽혔다.

그렇게 차분히 주변을 더 훑어보던 인영은 이내 생각을 굳힌 듯 제로 일행이 사라진 방향으로 몸을 날렸다.

파팟!

나뭇가지를 박찬 발걸음 뒤로 작은 돌풍이 일자, 바람을 따라 향긋한 과일 향이 주변으로 퍼져 나갔다.

사라락.

바람에 취한 듯, 향기에 취한 듯… 나무들이 살랑살랑 몸을 흔들었다.

"대체 어디까지 간 거야!"

벨라가 사라진 방향을 향해 달리기 시작한 지도 어언 한 시간 여.

금방 따라잡을 수 있을 거라고 생각한 것과 달리 이미 몇 번이나 마나 고갈을 겪으며 달려왔지만, 여전히 벨라의 모습은 코빼기도 보이지 않았다.

'그나마 몬스터들은 없지만……'

다행인지 불행인지, 벨라가 목표로 한 원숭이 떼는 그 덩치만큼이나 이 숲에서 높은 수준의 몬스터인지, 그 녀석들이 지나간 자리에서는 몬스터들이 리젠되지도, 가까이 다가오지도 않았다.

게다가 녀석들이 지나간 자리는 그 흔적이 워낙에 확실한지라 쫓아가기도 쉬웠다.

한편으로는 그래서 더 걱정되었다.

'고레벨 필드에서 몬스터들이 다가오지도 못할 정도로 무서운 놈들이라니… 벨라를 찾기도 전에 죽는 거 아니야?'

어쩌면 벨라도 이미 찾을 수 없는 상황에 처했을지도 몰랐다.

절레절레.

'그런 무서운 상상은 하지 말자. 최소한 여기까지 오면서 벨라의 흔적은 보지도 못했고, 아무리 지친 상태라지만 그렇게 쉽게 당할 녀석은 아니니까.'

그렇게 머릿속에 떠오르는 안 좋은 생각을 떨쳐 버리며 다시 힘차게 숲길을 걸어가던 나는 앞에 자라난 덤불 따위를 치우다가 문득 코끝을 파고드는 달짝지근한 냄새에 정신이 아득해지는 느낌을 받았다.

휘―청.

〔상급 매혹에 저항했습니다.〕

"이… 이건?"

순간, 눈앞에 떠오른 시스템 메시지를 읽어 나갈 무렵, 내 머리 위로 그토록 찾아 헤매던 녀석들의 소리가 들려왔다.

우끼이이익!

우끽끽!

'원숭이들……!'

멈칫!

머리 위에 있는 녀석들이 얼마나 강한지는 굳이 체험해 보지 않아도 알 수 있기에, 나는 무모한 저항을 하기보다는 일단 멈쳐 서서 상황을 지켜보기로 했다.

그 순간.

후두둑!

척! 처적!

나무 위에서 떨어져 내린 몇 마리의 원숭이들이 내 앞에 서는가 싶더니, 이내 자신들의 엉덩이를 내보이며 춤을 추기 시작했다.

덩실덩실.

흔들흔들.

'…이건 또 뭐야?'

잘 익은 복숭아 빛의 빠알간 엉덩이가 눈앞을 가득 메우며 춤을 추는 모습에 나는 일순 현기증을 느끼며 비틀거렸다.

하지만 엉덩이 사이로 둥그런 두 개의 알이 흔들리는 모습에 자꾸만 시선이 분산된 덕분인지, 금세 현기증에서 벗어날 수 있었다.

그리고 동시에 내 눈앞에 새로운 시스템 메시지가 떠올랐다.

〔상급 정신 지배에 저항했습니다.〕

'상급 정신 지배? 설마… 방금 그게 최면술이었던 거냐?'

나는 방금 전의 엉덩이춤이 최면술이었다는 것에 대해 놀라는 한편, 어처구니없는 이유로 깨져 버린 녀석들의 최면술에 속으로 혀를 찰 수밖에 없었다.

나에게 상급씩이나 되는 정신 지배를 버텨낼 만한 능력이 있을 리 없으니, 만약 조금 전 최면술이 실패했다면 그 이유는 한 가지밖에 없었다.

'이걸 게임을 잘 만들었다고 해야 할지…….'

나름 디테일이라면 디테일이겠지만… 뭐랄까, 만약 내가 최면술을 거는 입장이라면 분통 터지는 일이었을 것이다.

하지만 사실 방금 전의 정신 지배 저항은 단순한 게임의 디테일 덕분만은 아니었다.

정신 지배 마법은 이름 그대로의 효과를 가진 마법. 만약 유저에게 걸린다면 피시전자는 육체의 자유를 빼앗기고 마법 시전자의 의지에 따라 움직이는 꼭두각시가 될 수밖에 없었다.

그리고 이런 꼭두각시화는 유저의 정신과 게임 캐릭터 간의 괴리를 줘 유저가 캐릭터를 조종하지 못하게 하는 아주 섬세한 기술로, 게임 속 모든 것이 뇌에 영향을 주는 리버스 라이프에서는 그 위험도가 최상에 이를 만큼 특별한 마법이고 기술이었다.

때문에 이런 정신과 관련한 마법은 광장한 고레벨 몬스터만

이 사용할 수 있도록 되어 있으며, 유저에게 있어서도 정신 계통의 마법은 굉장한 고난이도였다.

뿐만 아니라 리버스 라이프는 이런 위험한 마법으로부터 유저를 보호하기 위하여 특별한 보정 효과를 부여하는데, 정신 프로텍트라는 직관적인 이름의 보정 시스템이었다.

말 그대로 유저의 정신을 보호하는 이 보정 효과는 게임을 시작한 지 얼마 안 돼 적응력이 떨어지는 초보 유저에게 특별한 정신 보호 효과를 주는 것으로, 레벨의 상승뿐 아니라 총 게임 플레이 시간이 길어질수록 그 효과가 떨어져 게임에 완전히 적응할 무렵이면 저절로 사라지는, 아주 특수한 시스템이었다.

그리고 지금의 나는 게임 플레이 시간은 굉장히 길지만 여전히 레벨 1의 초보자로, 정신 공격에 대해 완전한 면역을 가진 상태였다.

물론 그 효과가 정신 공격에 한정되는지라 일전에 당한 불새의 피어와 같은 디버프 효과나 경우에 따라 버프 효과가 되는 광분 등의 경우엔 적용되지 않지만, 캐릭터를 유저의 정신으로부터 떨어뜨리는 매혹이나 정신 지배에 있어서는 완전한 방어를 자랑했다.

참고로 이러한 사실은 접속기와 게임을 구매할 때 판매처에서 교육하도록 되어 있어 모든 유저가 알고 있는 사실이었다.

물론 그런 절차 없이 게임을 시작하게 된 단 한 명만은 예외라고 볼 수 있었다.

　'뭐, 어쨌든 좋은 게 좋은 거 아니겠어?'

　그러한 사실에 대해 전혀 알지 못하는 나로선 조금 불편한 장면을 목격하긴 했어도 덕분에 정신 지배에 걸리지 않은 것에 대해 안도할 뿐이었다.

　'그나저나… 무슨 이유로 정신 지배를 건 거지?'

　나로선 숲의 다른 몬스터들이 두려워할 만큼 강한 힘을 지닌 녀석들이 한입거리도 안 되는 나를 정신 지배까지 써가며 가지려 한 이유가 궁금할 수밖에 없었다.

　그리고 바로 그때, 내 앞에서 춤을 추던 녀석들이 여전히 자리에 멈춰 서 있는 나를 보며 씨익 웃어 보이고는 예의 그 빨간 엉덩이를 씰룩거리며 앞장서 걸어가기 시작했다.

　'이건… 따라가야겠지?'

　애당초 반항은커녕 도망칠 능력도 없거니와, 내 목적 자체가 이 녀석들을 쫓아간 벨라를 찾는 것이었다. 무슨 이유에서 나를 필요로 하는 것인지는 몰라도 데려가 준다면야 나로선 거절할 이유가 없었다.

　휘적휘적.

　척척척.

그렇게 앞장서 걸어가는 대형 원숭이와 그 뒤를 직각 걸음으로 뻣뻣하게 걸어가는 한 인간의 기묘한 모험은 원숭이들의 둥지에 닿을 때까지 5분여 동안 계속되었다.

그리고 그곳에서 나는 그토록 찾아 헤매던 반가운 얼굴을 볼 수 있었다.

'벨라!'

우걱우걱! 냠냠! 찹찹!

얼기설기 나무를 엮어 영역을 표시한 공터 한가운데에는 이 숲의 모든 과일을 따다 놓기라도 한 듯 산더미처럼 쌓인 과일들이 보이고, 그 과일 더미 한구석에서 벨라가 양 볼 가득히 과일을 쑤셔 넣고 있었다.

주변 원숭이들의 시선 때문에 차마 아는 체할 수는 없지만, 벨라가 무사하다는 사실과 걱정하고 있던 공복 문제를 여기서 알아서 해결하고 있다는 생각에 절로 안도의 한숨이 나오는 것마저 막을 수는 없었다.

"휴우……."

찌릿—!

'들켰나?!'

한숨 소리에 모여드는 원숭이들의 날카로운 시선.

나도 모르게 몸을 움츠렸지만, 의외로 특별한 반응을 보이지 않는 녀석들의 모습에 곁눈질로 주변 분위기를 살폈다.

그리고 그때, 나의 결정 장애를 해결해 줄 아주 훌륭한 모범 답안이 이들 둥지의 다른 입구에서부터 튀어 나왔다.

크와아아앙!

쿰척쿰척! 파드득! 콰작!

초점 없는 눈동자와 누가 봐도 어색한 걸음걸이로 원숭이의 뒤를 따라오던, 이름을 알 수 없는 이족 보행 몬스터.

놈은 둥지에 들어와 과일을 보기 무섭게 경중경중 달려가 입안에 과일들을 욱여넣기 시작했다.

그 모습을 통해 나는 직감적으로 내가 취해야 할 행동을 알 수 있었다.

"우어어엉!"

두다다다!

'우어엉' 하는 소리를 낼 필요가 있는지에 대해서는 잠시 의문이 들긴 했지만, 나름 자연스럽게 과일 더미에 달려들었고, 때마침 과일 산 여기저기를 갉아 먹으며 돌아다니고 있던 벨라의 옆에 안착할 수 있었다.

"벨라! 벨라!"

우적우적! 속닥속닥!

나는 내 옆을 좌우로 오가며 바나나를 껍질째 씹어 삼키는 벨라를 계속해서 불러봤지만, 예상대로 그녀 역시 정신 지배에 걸린 것인지 내 목소리에 전혀 반응을 보이지 않았다.

'젠장, 이래선 곤란한데…….'

정신 지배를 건 원숭이들의 의도가 무엇인지는 알 수 없지만, 몬스터가 단순히 여행자에게 과일을 먹이고자 이런 일을 벌였을 리는 없을 터.

뒤끝이 안 좋을 것이란 것 정도는 굳이 겪어보지 않아도 알 수 있기에, 유일한 희망인 벨라가 정신 지배에 걸려 있다는 것은 사실상 내게 사망 선고나 다를 바 없었다.

'나라도 도망칠까?'

물론 도망칠 수 있다는 확신은 없지만, 공복 상태가 해소되며 조금씩 회복되어 가는 스테이터스는 나에게 작게나마 자신감을 심어주었다.

'최대로 회복된 상태라면… 엘프 비전도 꽤 유지할 수 있을 테니, 엠페러와 함께라면 도망칠 수 있을지도 몰라.'

게다가 나와 벨라, 그리고 몇몇 몬스터들이 정신없이 과일을 먹어 대는 모습을 지켜보던 원숭이들도 어느새 저들끼리 모여서 대화를 주고받으며 조잡하게 생긴 무기를 장비하는 등 무언가 준비를 하고 있었다.

그것이 무엇을 위한 준비인지는 알 수 없지만, 긴장감이 감도는 놈들의 표정과 비장한 분위기를 보건대, 지금이야말로 탈출의 적기임을 알 수 있었다.

주섬주섬.

엠페러가 공복으로 인해 제 힘을 내지 못할 것을 대비해 몰래 적당한 크기의 과일을 품속에 넣으며 탈출 준비를 해 나가던 나는 문득 눈에 걸리는 것이 있어 몸을 돌릴 수가 없었다.

와작와작! 참참!

'역시 벨라를 두고 가는 건 좀……'

아까 그대로 잃어버려 찾지 못했다면 모를까, 눈앞에 벨라를 두고 혼자만 도망칠 생각을 하니 어쩐지 쉽사리 결단이 서지 않았다.

그것은 단순히 벨라가 가진 전투력의 필요성이나 이대로 탈출에 실패하고 마을로 귀환했을 경우 칸의 추궁이 무서워서가 아니었다.

그보다는 조금 낯간지러운 이유가 나의 선택을 방해하고 있었다.

'그새 미운 정이라도 든 건가?'

과일 산에 몸을 파묻고 파인애플 잎사귀를 뜯어먹는 모습은 엘프의 외모로도 커버가 안 될 만큼 정이 안 가는 모습이지만, 나는 그런 벨라의 모습이 불쾌하기보다는 안쓰러웠다.

그리고 이런 상황에서 아무런 도움이 되지 못하는 자신에 대해, 여태 벨라의 등 뒤에서 호가호위하던 나 자신에게 실망스러웠다.

게임은 게임일 뿐이라고 자위하던 것이 불과 며칠 전인데, 그로부터 몇 십 일을 게임에서 같이 보내다 보니 어느새 나는 벨라에게 동료로서의 정을 느끼고 있었다.

물론 이건 일시적인 것일 수도, 비정상적인 것일 수도 있었다.

게임 속의 NPC에게 정을 느끼다니, 그야말로 비상식적인 일 아니던가.

보통의 평범한 사람이 보았다면 한참이나 비웃을 일이었다.

그리고 나 역시도 그렇게 생각했다.

'그래도… 이 게임에 들어와서 본, 유일한 인간적인 존재들이었지.'

정상적인 루트로 게임을 진행하지 못한 내가 볼 수 있던 지적 존재는 마을의 엘프들과 엠페러뿐이었다. 그 외엔 오직 몬스터들만이 있을 뿐.

그래서일까, 내가 이런 생각과 감정을 갖게 된 것은…….

평범한 유저들과 함께 생활하지 못하고 한정적인 NPC들만을 상대해 왔기 때문인지도 모를 일이었다.

하지만⋯ 그렇다고 한들 이제 와선 상관없는 일이었다.

비록 게임 속 인공지능에 불과하겠지만, 그들 모두는 누구보다 인간적이었다.

약한 인간에 대해 연민을, 알지 못하는 것에 대해 호기심을, 자신의 약함에 분함을 표현하는⋯ 평범한 인간의 모습을 하고 있었다.

오히려 현실에서 속내를 감추고 언제 어디서나 웃는 낯으로 대화를 나누던 사람들보다도 훨씬 인간적이었다.

최소한 나는 그러한 사람을 새아버지를 제외하고는 처음 보았다.

사회에 물든 이들 중 가식이 아닌 모습으로 나를 대해준 것은 오직 새아버지뿐이었다. 그리고 게임 속에서 본 이 NPC들뿐이었다.

이성은 여전히 지금이 기회라고 말하지만, 가슴은 이 순간 벨라와 함께하기를 원하고 있었다.

'와, 미치겠네!'

들썩들썩.

그렇게 엉덩이로 그 불안감을 나타내며 갈등하기를 몇 차례.

드디어 결심이 섰다.

'그래, 까짓거 어차피 나 혼자 살아가 봐야 통과도 못할 텐

데. 그리고 혹시 알아? 벨라를 데리고 도망칠 기회가 생길지.'

사실 진심으로는 그럴 기회가 있으리라 생각하지 않는 나였지만, 나의 이성을 설득하기 위해 나 스스로에게 거는, 최면과도 같은 거짓말이었다.

'다 죽거든 다음번엔 원래 계획대로 죽어서 나가지 뭐. 어차피 마을 방향도 알았잖아. 거기에 운이 좋으면 이번에 죽어서 인간 마을에서 깨어날 수도 있고 말이야.'

앞선 생각이 거짓이라면, 지금 생각은 나 스스로 인정할 수 있을 만큼 일리 있는 생각이었다.

세계수로부터 걸어 나온 지 이틀째.

직선 방향으로 삼 일을 예상한 거리 중 반 이상을 걸어온 셈이었다.

그만한 거리를 걸어왔다면, 정말로 다음 내 부활 장소는 인근의 인간 마을일지도 몰랐다.

'그래, 일단 버텨보자.'

우끽! 우끼익!

그리고 때마침 그런 내 결심을 더욱 확고하게 해주는 원숭이들의 울음소리가 들려왔다.

'완전히… 전투 태세로군.'

저들끼리 모여 쑥덕대던 원숭이들은 처음 만났을 때의 평범한 모습이 아니었다.

그 커다란 몸을 가리는 두터운 장갑에 저들 키보다 큰 창과 몽둥이로 무장한 모습은 그야말로 전사라는 단어에 어울렸다.

'재질은 전부 목재로 보이지만… 장비를 만들 정도의 지능을 가진 녀석들이 선택한 재료일 테니, 이 숲에서 구할 수 있는 최상의 재질이라고 봐야겠지.'

그리고 지금부터 저 원숭이들이 싸우려는 상대는 그만한 장비가 필요한 녀석들이란 의미이기도 했다.

내가 그렇게 녀석들에 대해 분석하는 사이, 장비를 갖추고 다가온 원숭이들이 저마다 가진 무기로 우리의 등을 찔러 댔다.

우우!

우어엉!

벨라를 포함한 몬스터들이 자신들의 식사를 방해한 것에 대해 불만스러운 울음소리를 냈지만, 원숭이 무리에서 얼룩덜룩한 가면을 쓴 녀석이 나와 명령하는 듯한 울음소리를 내자 모두들 몽롱한 표정이 되어 이곳 둥지 밖으로 걸어 나가기 시작했다.

'저건… 주술사들인가?'

전사들이 입고 있는 흉갑이나 거대한 무기는 없지만, 염료로 얼룩덜룩 색을 입힌 가면과 실용성과는 거리가 멀어 보이는 지

팡이를 들고 있는 모습은 주술사라고밖에는 설명할 길이 없었다.

나는 저 녀석들이야말로 바로 최면을 건 당사자라고 생각했다.

'정신 지배 스킬이 얼마나 희소성 있는 건지는 알 수 없지만… 엘프 전사급의 지성체를 정신 지배할 수 있을 정도라면 상당한 고급 기술일 터. 보통의 원숭이 전사가 할 수 있을 리가 없을 테니까.'

그런 탓인지 확실히 원숭이 주술사들은 그 개체 수가 적어 보였고, 모두가 원숭이 전사들에게 호위를 받는 듯한 위치에서 움직이고 있었다.

'그나마 다행인 점은 족장 같은 녀석은 보이지 않는다는 건가?'

이런 부족 형태의 몬스터들에겐 대게 부족을 이끄는 보스 몬스터인 족장이 있기 마련이었다. 물론 이 리버스 라이프의 세계에서도 그런 것이 상식으로 통하는지는 겪어본 바 없지만, 잘 정비된 전사들과 그들을 보조하는 주술사의 행렬을 보고 있자면, 이 녀석들을 이끄는 족장이나 지휘관에 대해 생각이 떠오를 수밖에 없었다.

'무리 중앙에 조금 다르게 생긴 녀석이 있긴 한데 말이야.'

이 원숭이들의 대형은 밖에서부터 전사, 주술사, 전사의 순으로 이뤄진 마름모꼴로, 주술사가 굉장히 듬성듬성 들어가 있다는 점을 제외하면 대단히 단단해 보이는 형태였다.

이 마름모꼴 안쪽의 가장 정중앙에는 전사와 주술사보다도 체격이 왜소해 보이는 작은 원숭이 한 마리가 있었는데, 이런 괴물들을 이끄는 부족장이나 지휘관이라기엔 너무도 약해 보이지만 단순히 아무것도 아니라고 치부하기엔 녀석의 머리털이 유달리 삐죽삐죽 솟아 있으며 은은한 노란빛이 감돈다는 게 마음에 걸렸다.

'족장이 육체파가 아닐지도 모르니까……'

외견은 좀 약해 보여도 엄청나게 강력한 마법을 쓰는 종류일지도 모르는 만큼 긴장을 늦춰서는 안 되었다.

'그나저나 조금 끈적끈적해진 느낌인데……'

어느 순간부터였을까, 온몸이 물에 젖은 듯 축축한 습기로 가득하게 된 것은.

숲에 들어와서 음식을 구하진 못했지만, 그 외의 환경에 대해 불편을 느낀 적은 없었다. 숲을 통과하는 바람은 항시 시원했고, 공기는 맑았으며, 한밤중에도 추위를 전혀 느끼지 않을 만큼 쾌적한 환경이었다.

하지만 지금 이 순간, 나는 이 숲에서 처음 느끼는 불편함과 불쾌감에 휩싸여 있었다.

공기는 눅눅하여 숨쉬기가 무겁고, 습기 찬 공기가 몸과 옷을 적시며 불쾌한 끈적임을 자아냈으며, 비록 불새의 축복으로 더위를 느껴지지는 않지만 환경의 변화를 확실히 느낄 수 있을 만큼 주변의 기온이 올라가 있었다.

'그만큼 여기가 특별한 곳이란 의미겠지?'

서쪽 숲의 경계에 들어선 지도 약 이틀째.

지금 느껴지는 이 환경이 서쪽 숲의 특징이라고 판단하기엔 나타난 시기가 너무 늦었다. 그러니 서쪽 숲의 환경 특징을 이제야 발견했다기보다는 이 숲 내부에 있던 또 다른 특별한 지역에 들어섰다고 보는 게 옳았다.

'거기에 이 대형도 꽤나 빤한 증거이기도 하고 말이야.'

나와 벨라, 그리고 정신 지배를 당한 몬스터들을 모아 앞장세워 나아가는 이 모습은 누가 봐도 제물, 혹은 고기 방패를 선두에 배치한 형태였다.

이 녀석들이 우리를 잡아둔 건 지금 이 순간을 위해서였으리라.

'그 말인즉슨, 여기가 엄청나게 위험한 곳이란 건데……'

이 원숭이들에게 위협이 될 만하거나 혹은 제물을 필요로 하는 존재가 이 특별한 지역 안에 있다는 것이니, 그것과 만나면 사실상 죽은 목숨이라는 의미였다.

문득 지금이라도 도망쳐야 하는 것인지 진지하게 고민했지만, 이미 내친걸음이었다. 후회하고 돌아서기엔 너무 멀리 와버렸다.

게다가 때마침 우연인지 필연인지, 앞장서 걷던 벨라가 무언가에 발이 걸렸는지 비틀거리며 내 곁으로 다가왔다.

터억!

'그렇게까지 안 해도 안 버리고 갈 거라고.'

잠시 비틀거리며 내 몸에 어깨를 기대던 벨라는 내 대답을 듣기라도 했는지, 멍청한 얼굴에 배시시 웃음을 지어 보이며 다시 선두로 걸어 나갔다.

'어휴, 내 팔자야.'

물가에 내놓은 자식을 보는 기분이란 게 이런 것일까?

한숨을 불러일으키는 벨라의 모습에 원숭이들 몰래 작게 고개를 젓던 나는 몇 걸음 앞에서 일어난 극적인 변화를 포착했다.

'…늪?'

철퍽철퍽!

앞서 걷던 벨라와 몬스터들은 이미 발을 담갔는지 조용하던 숲이 온통 진흙을 밟는 소리로 가득해졌다.

'엄청 괴상한 식생이군⋯⋯.'

숲 한복판에 있는 늪지대와 늪에서 자라난 것이라고 보기엔 너무 생기 가득한 초록 잎사귀의 생목들⋯ 그리고 그런 분위기와는 다르게 늪지 곳곳에서 썩어가는 몬스터들의 시체는 그야 말로 게임이기에 가능한, 괴상망측한 모습이었다.

'썩은 내⋯⋯.'

늪지가 가까워질수록 코를 찌를 듯 강렬한 냄새에 얼굴을 찌푸리지 않을 수가 없었다. 습하고 더운 공기 속에 몇 날 며칠을 방치된 쓰레기가 썩어 들어가는 냄새.

그것은 정말이지 사람을 불쾌하게 만드는 종류의 냄새였다.

그나마 원숭이들의 둥지에서 향이 강한 과일들을 잔뜩 먹어 조금이나마 주변 냄새를 중화시켜 주지 않았다면, 아마 지금쯤 먹은 것을 모두 게워내야 했을 것이다.

'엠페러가 말했던 게 설마 이 냄새인가?'

이곳으로부터 몇 시간이나 떨어진 거리에서 늪지의 불쾌한 냄새를 맡았다고는 선뜻 생각하기 어려웠지만, 그래도 영물은 영물. 엠페러라면 굳이 이상하지만도 않았다.

늪지에 떠다니는 시체들의 썩어가는 냄새에 지독한 현기증을 느낄 무렵, 나는 이곳이 바로 원숭이들이 우리를 필요로 한 곳이란 사실을 알 수 있었다.

앞서가던 벨라와 몬스터들이 늪에 발을 들이기가 무섭게 뒤쪽에 있던 원숭이들 무리가 순식간에 나무 위로 사라져 버린 것이었다.

'어떡하지? 계속 가야 하나?'

철퍽철퍽!

일단은 앞서가는 무리가 계속해서 늪의 중심으로 전진하고 있기에 나 역시도 늪지에 발을 담갔지만, 잡아당기는 듯 무거운 감촉에 절로 인상이 찌푸려졌다.

이런 바닥이라면 엘프 비전으로 몸을 가볍게 한다고 해도 행동의 제약이 클 터. 도망치는 것에 대해 다시 생각해 봐야 할 정도였다.

'지금이라도 벨라를 데리고 빠져나갈까?'

여전히 제정신이 아닌 벨라지만, 만약 도망쳐야 한다면 지금이 적기라는 것을 알 수 있었다.

만약 이대로 늪지의 중심에 들어가 버린다면 앞서 말한 대로 엘프 비전으로도 도망치기 어려울 것이며, 나무 위로 올라가 몸을 감춘 원숭이들은 아마 지금 우리가 이곳 무리에서 이탈해 도망친다 하더라도 따라올 것 같지 않았다.

'그래… 역시 지금이어야 해……!'

철퍽철퍽철퍽!

"벨……."

크아아앙!

빠른 걸음으로 무리의 선두에 따라붙어 벨라의 어깨를 잡은 나는 그 순간 들려오는 소요에 고개를 돌릴 수밖에 없었다.

"저… 저게 뭐야……!"

와그작!

고개를 돌림과 동시에 마주치게 된 그것은… 거대한 입과 날카로운 이빨로 무리의 후방에 있던 몬스터 한 마리를 한입에 씹어 먹고 있었다.

길쭉한 입 사이로 분쇄된 몬스터의 신체 일부분이 떨어지는 것이 어찌나 징그러운지, 조금 전 벨라를 잡으러 선두로 나오지 않았다면 가장 첫 희생자가 내가 되었을 거란 생각에 절로 소름이 돋을 정도였다.

"젠장, 설마 악어였나?"

걸쭉한 늪지의 진흙 속에 몸을 감추고 조용히 따라와 한입에 먹이를 포식하는 녀석의 모습은 분명 악어였다.

그것도 어지간한 몬스터 한 마리를 한입에 먹어 치울 만큼 거대한 초대형 악어.

그리고 우리는 악어를 유인하기 위한 산 제물들이었다.

크와아앙!

크어엉!

제물로 선택된 몬스터들 간에 어떤 특별한 유대 관계라도 있는 것일까?

한 놈이 잡아먹히자 다른 녀석들은 잔뜩 화를 내며 악어에게 달려들기 시작했다. 이건 벨라도 예외가 아니었다.

"벨라!"

엘프 특유의 재빠른 몸놀림으로 무리의 선두에서 단숨에 후방으로 이동한 벨라는 내가 미처 잡기도 전에 이미 악어에게 달려드는 몬스터들 틈바구니로 끼어들었다.

"제에엔장!"

나 역시 급히 벨라를 따라잡고자 그동안 품속에 감춰둔 단검을 다시 꺼내 들며 재빨리 엘프 비전을 펼쳤지만, 그보다는 벨라의 바로 앞에서 튀어나온 악어의 입이 쩍 벌어지는 게 훨씬 더 빨랐다.

"벨라!"

나의 안타까운 절규가 늪지에 메아리치던 그 순간, 여태 잠잠하던 원숭이 무리들이 저마다 기괴한 울음소리를 내며 늪지 곳곳에서 모습을 드러내는 악어들을 상대로 적의를 표출하기 시작했다.

우끼이익!

우끽끽! 우끼익!

이 순간만을 기다렸다는 듯 머리의 나무 위에서 각종 무기들이 쏟아져 내렸다.

아까 원숭이들이 챙겨 든 각종 거대 무기들은 물론, 언제 챙겨왔는지 모를 커다란 돌덩이까지… 그 모든 것들이 모습을 드러낸 악어들의 머리 위로 떨어져 내리기 시작했다.

퍼억! 퍼걱!

나무에서 수도 없이 쏟아지는 무기들 중에는 벨라의 앞에 선 악어를 노린 것들도 있어 그녀를 향해 벌어진 입을 강제로 닫게 했고, 덕분에 벨라가 한입에 삼켜지는 것은 막을 수 있었다.

하지만 악어의 이빨을 피했다고 한들 위협이 사라진 것은 아니었다.

촤좌좍! 촤아아악!

원숭이들의 공격에 식사를 방해 받은 거대 악어들이 난동을 부리기 시작했고, 이는 곧 고요하던 늪지에 평지풍파를 불러왔다.

악어들의 움직임에 따라 넘실거리는 늪지의 물과 거대한 몸체에 어울릴 만큼 커다란 꼬리가 만들어낸 풍압에, 늪지대에 들어와 있던 몬스터들이 추풍낙엽처럼 이리저리 휘날리기 시작했다.

그것은 커다란 타워 실드를 메고 있지만 그럼에도 다른 몬스터들에 비하면 한참이나 작은 벨라 역시 예외가 아니었다.

"벨라!"

휘오오오!

휘청—

여기저기서 휘둘러 대는 악어들의 꼬리가 어찌나 세찬 바람을 일으키는지, 몸을 가누기가 힘들 지경이었다.

'하필… 늪지라서 균형을 잡기도 힘들어……!'

허공을 가르며 날아가는 벨라를 향해 당장에라도 뛰어가고 싶었지만, 엘프 비전의 날렵해진 몸으로도 악어들의 난동에 대항하기엔 무리가 있었다.

무엇보다도 질퍽질퍽한 늪이 몸의 균형을 흐트러뜨려 바닥에서부터 퍼 올리듯 꼬리를 휘두르는 악어들의 공격에 속수무책으로 허공을 날아다녀야만 했다.

"이렇게 된 이상……"

나는 악어들에게 공격을 받으며 바닥에 떨어지지도 못하고 자꾸만 다시 허공으로 튀어 오르는 벨라를 보며 이를 악물었다.

덥석!

〔벽 타기가 발동됩니다.〕

나는 근처의 가장 큰 나무를 덥석 잡아 기어오르며, 이내 벨라 쪽으로 향해 있는 나무들 중 가장 가까운 곳으로 폴짝폴짝 뛰어갔다.

촤아아악!

촤좌촥!

콰과광!

"젠장……."

하지만 그것도 잠시. 곧 악어의 꼬리에 얻어맞아 여기저기 날아오르는 굵직한 나무들을 보며 인상을 써야 했다.

우끼이익!

쫘작!

자신들을 공격한 것이 나무 위에 있는 원숭이들임을 깨달았는지, 악어들은 주변의 나무들을 마구잡이로 부숴 대며 나무에서 떨어지는 원숭이들을 씹어 먹었다.

그러자 원숭이라는 보양식을 먹고는 기운이 솟은 것인지, 어느 순간부터인가 강력한 꼬리의 풍압으로 부숴 버린 나무들을 계속해서 띄워 올리며 공중 저글링을 선보이기에 이르렀다.

그렇게 물리법칙을 깨부수던 근간인 악어들의 꼬리 휘두르기는 어느새 기묘한 흐름을 만들어내기 시작했고, 비상식적이라고밖에 할 수 없는 기묘한 기류가 생겨나며 주변의 모든 것들을 부유시키기 시작했다.

돌풍에 말려 들어간 것들은 끝을 모르고 솟구쳐 올랐고, 까마득한 높이에 이르러서야 그 주변을 부유하기 시작했다.

'저런 높이라니… 떨어지면 무조건 죽는 거잖아!'

여태껏 떨어지는 벨라를 안전하게 받아낼 생각만 하고 있던 나는 숲의 잔해와 함께 저 멀리 날아오른 그녀를 보며 발을 동동 구를 수밖에 없었다.

여기저기서 몬스터들은 죽어 나가 핏물이 되어 흐르고, 아직 죽지 못한, 그리고 동족의 죽음에 분노한 몬스터들의 비명과 절규 소리가 초토화된 늪지를 가득 메웠다.

그러나 숲의 잔해들은 여전히 허공에서 부유하고 있었다.

그야말로 아비규환, 지옥과도 같은 모습.

'저건…….'

반짝!

그 속에서 나는 한 가지 가능성을 봤다.

포기하지 않고 차분히 주변을 살피던 나에게 주어진, 황금과도 같은 기회였다.

'하지만… 이건 너무 무모한 일… 아니야, 그래도……!'

내가 발견한 가능성은 너무 미약하고도 위험한 일이었다. 실패는 당연하고, 성공한다면 기적이라고 부를 수도 있을 정도의 처참한 확률.

그러나 나는 모든 것을 걸었다.

"에라이! 될 대로 돼라!"

세상 모든 것이 환상이고 꿈과도 같은 리버스 라이프의 세계.

어느 것 하나 평범한 것이 없던 곳에서 평범한 게임을 꿈꾸던 나는 이내 잡생각을 털어내며 허공으로 날아올랐다.

"으아아아아! 간다아아아아아아아악!"

파아아앗!

몸이 중력을 거스르기 시작했다.

Chapter 7

학교 가는 날

파아아앗! 타닥!

'첫 번째는 성공! 그렇다면 두 번째!'

파앗! 타닥!

'다음 루트는······!'

커다란 도약으로 실낱같은 가능성의 첫발을 내디딘 나는 허공에 떠오른 돌과 나무 등의 부유물들을 밟으며, 말 그대로 하늘을 타고 오르는 중이었다.

타닷! 파바박!

때로는 나무를 박차고, 때로는 작은 돌 위에 안착해 가며 상하좌우 가릴 것 없는 공간 활용으로 점차 벨라에게 가까워져 갔다.

그렇게 아크로바틱… 아니, 곡예를 뛰어넘는 움직임을 선보이며 허공을 날아오르길 한참.

나는 마침내 고층 아파트 높이에 이를 만큼 까마득한 곳에서 벨라를 눈앞에 둘 수 있게 되었다.

"헉헉… 드디어!"

허공을 뛰어다닌다는 어처구니없는 상상력에서 시작된 실낱같은 가능성이 현실화되기 직전에 이른 지금, 나는 온몸을 지배하는 긴장감에 극도의 피로를 느꼈다.

주르륵.

얼굴을 타고 흐르던 식은땀이 풍압에 말려 다시 올라가는 기묘한 감촉을 느끼며, 나는 마침내 마지막 도약을 준비했다.

그리고…….

"지금!"

파아앗!

마치 다이빙을 하듯 뛰어든 나는 그야말로 벨라의 코앞에 도달할 수 있었고, 지금까지의 고생을 보상 받는 듯한 기분 속에 양팔을 뻗어 그녀를 잡으려 했다.

그 순간.

푸화화확!

아래쪽 늪지에서부터 시작된 금빛 돌풍이 나와 벨라 사이에 휘몰아쳤다.

"아, 안 돼!"

휘이이익ㅡ!

순식간에 바닥을 향해 떨어져 내리는 벨라와 솟구쳐 오르는 잔해들 틈바구니에서 필사적으로 손을 뻗었지만… 내 손은 벨라에게 닿지 못했다.

"제에에엔자아아아아앙!"

돌풍의 영향으로 나는 솟구쳐 오르고, 벨라는 떨어지는… 그 기묘한 상황 속에서 나는 필사적으로 엠페러의 이름을 불렀다.

"엠페러어어어!"

파아아앗!

"주인! 날 잡아라!"

갑작스레 소환된 엠페러지만, 이미 상황을 알고 있었다는 듯 나에게 자신의 발목을 내미는 엠페러였다.

그 믿음직한 모습에 단숨에 엠페러를 잡고 마침내 우리의 필살기 펭귄 소드 모드로 들어서자, 엠페러가 제 몸을 비틀어 바닥을 보며 말했다.

"주인, 가속한다!"

"뭐?"

파다다다다닥!

사실 폼 나게 엠페러를 잡아 들긴 했지만, 딱히 무슨 계획이 있어서 부른 게 아니었다.

그랬기에 엠페러의 말에 저도 모르게 반문하는 나였지만, 이내 바닥을 향해 무서운 속도로 곤두박질치는 엠페러를 보며 큰 소리로 말했다.

"야안마아아아! 상의르으으을 해야아아아아지이이이익!"

뭐, 말이라기보다는 비명에 가깝긴 했지만……

어쨌든 바닥을 향해 그 짧은 날개를 필사적으로 파닥거리는 엠페러는 그냥 떨어져 내리던 벨라보다도 빠르게 내려갈 수 있었다.

마침내 벨라의 바로 옆까지 내려온 엠페러가 날갯짓을 멈추고는 있을 리 없는 엄지를 들어 보이며 자랑스럽다는 듯이 말했다.

"후후, 우리 펭귄의 유선형 몸은 공기저항도 덜 받는, 아주 우월한 신체지."

처억!

'그냥 힘으로 내려온 거 같은데……'

여기에 오기까지 벌새를 연상시키는 날개 RPM으로 파닥거리던 엠페러를 떠올리며 그렇게 중얼거린 나였지만, 어쨌든 결과가 좋으니 신경 쓰지 않기로 했다.

덥석!

"휴, 다행이야!"

나는 여전히 떨어져 내리고 있는 벨라의 허리를 잡아당기며 여전히 잠든 듯 눈을 감고 있는 그녀를 살폈다.

군데군데 잔해 따위와 부딪친 듯한 상처가 보이긴 하지만, 특별히 문제가 될 만큼 큰 상처는 눈에 띄지 않았다.

그렇게 내가 벨라를 살피고 자유낙하에 몸을 맡기고 있을 무렵, 엠페러가 나를 불렀다.

"그런데 주인."

"응?"

"이젠 어떻게 할 셈이지?"

"뭐가?"

"뭐가라니? 당연히 착지지."

"응? 뭐, 그 정도야… 그냥 떨어지면 위험하긴 할 테지만… 그래도 아직 엘프 비전도 여유가 있고, 조금 전처럼 네가 날개를 좀 휘두르면……."

"아니, 그런 문제가 아니라……."

날개로 바닥을 가리키는 엠페러의 행동에 무슨 말이냐는 듯 고개를 숙여 아래를 바라본 나는 밑에서 펼쳐지고 있는 광경에 다시 한 번 식은땀을 흘려야만 했다.

'초사이어인이냐!'

지금 우리의 도착 지점이라 예상되는 그곳에는 이제는 원숭이라기보다는 괴수에 더 가까운, 그야말로 어마어마한 덩치의 원숭이가 샛노란 머리털을 삐죽삐죽 세운 채 몸 주변에 솟구쳐 오르는 기파로 바람을 일으키고 있었다.

또한 그 앞에는 어떻게 저런 게 늪지에 있을까 싶을 만큼 거대한 악어가 마주 대치를 하고 있었다.

'젠장, 어쩐지 일이 잘 풀리는가 싶더니만……'

따지고 보면 애당초 이런 상황에 처한 것 자체가 일이 안 풀렸다는 증거지만… 그렇게 따지자면 한도 끝도 없기에 이내 마음을 진정시켰다.

"엠페러, 저쪽 옆으로 방향을 틀자."

호랑이에게 물려가도 정신만 차리면 산다고 했던가.

비록 절체절명의 위기에 빠진 우리지만, 나에겐 엠페러라는 솟아날 구멍이 보였다.

"빨리! 저쪽으로 파닥거려 봐!"

"…주인."

급박한 와중에 부사를 써서 명령하는 나를 엠페러가 심각한 목소리로 불렀다.

"왜? 무슨 일이야?"

"나, 나는……."

어쩐지 기운 없는 목소리로 축 늘어진 모습이 된 엠페러의 날개는 아까와 같은 힘찬 파닥거림을 보이지 못한 채 그저 바람에 휘날려 펄럭거리고 있었다.

"왜 그래? 네가 힘내줘야 해!"

"하… 하지만……."

"왜 그래? 대체 무슨 일이야?"

"우으윽, 우읍……!"

점차 창백하게 변해하는 엠페러의 모습을 보며 걱정스런 목소리를 내뱉던 나는 이어지는 말에 녀석의 뒤통수로 반쯤 손을 갖다 댈 수밖에 없었다.

"내… 냄새가… 너무 심해……!"

"……."

모두의 목숨이 달린 이 절박한 순간에 냄새 때문에 날갯짓을 못하겠다니!

그게 가당키나 하다는 말인가!

나는 엠페러에게 잠시만 참고 옆으로 날아보라고 말했지만,

엠페러는 정말로 무리라는 듯 창백한 얼굴로 고개를 저을 뿐이었다.

'젠장, 설마 늪지에 너무 가까워져서 그런 건가?'

늪지로부터 몇 시간이나 떨어진 곳에서 이미 냄새를 맡고 불편해하던 엠페러였다.

그런 엠페러의 뛰어난 후각이라면 늪지에 한층 가까워진 지금은 정말 숨도 쉬기 힘든 상황인지도 몰랐다.

'설마 이런 일이……'

나로선 상상도 못했던 변수에 심각해지려는 찰나, 문득 떠오른 것이 있었다.

'그래… 과일……!'

처음 늪지에 들어서서 강렬한 냄새를 느꼈을 때, 그것을 조금이나마 중화시켜 주던 것이 바로 이곳에 오기 전 잔뜩 먹었던 과일의 향긋한 냄새였다.

'그러고 보면 거기에 있던 과일들은 대부분이 향이 강한 것들이었지.'

어쩌면 원숭이들 역시 늪지의 독한 냄새를 알고 있기에 자신들의 미끼가 되어줄 몬스터가 제 역할을 할 수 있도록 그런 과일을 먹인 것인지도 몰랐다.

'그렇다면……'

뒤적뒤적.

늪지의 강력한 냄새에 대응할 방법을 찾은 나는 재빨리 품속을 뒤져 아까 챙겨둔 과일 몇 개를 꺼내 들었다.

이런 난장판 속에서도 용케 잃어버리지도 않고 형태를 온전하게 간직한 과일들은 일순 늪지의 지독한 냄새를 느끼지 못할 만큼 강렬한 향을 내뿜으며 그 존재감을 과시했다.

내가 과일이라는 탈출구를 찾는 사이, 나름의 해법을 찾아 품에서 칸의 삼각 속옷을 꺼내 코에 비비던 엠페러는 '이래서 세탁한 것은……' 이라는 아쉬움 가득한 중얼거림을 내뱉는 중이었다.

"자, 이걸 먹어."

"오오, 이것은!"

그 향긋한 향에 드디어 엠페러의 얼굴에 화색이 돌기 시작했다.

하지만…….

'젠장… 먹기에는 시간이……!'

이런저런 일들이 계속되는 사이에 사이어인 원숭이의 머리털이 코앞에 다가온 상황이었다.

엠페러가 과일을 먹고 대응하기엔 시간적으로 무리가 있어 보였다.

그때, 엠페러가 말했다.

"주인! 돌파하자!"

"뭐?"

투콰아아앙!

엠페러의 미친 소리에 추임새라도 넣는 듯, 때마침 시작된 사이어인 원숭이와 거대 악어의 격돌 소리가 울려 퍼지며, 그 거대한 충격파가 원숭이에게 닿기 직전이던 우리를 다시 위로 날려 보냈다.

"우와아아아악!"

끼야앙라라라악!

쐐애애액!

모공이 들여다보일 듯 가까워진 원숭이의 금빛 털이 다시금 한눈에 들어올 만큼 풍압에 솟구쳐 오르며, 본능적으로 날개를 파닥거리고 있는 엠페러에게 다시 물었다.

"돌파하자니! 설마 저기에 끼어들자는 말은 아니겠지?"

"우적우적! 주인, 바로 그거다! 우걱우걱!"

파다닥! 파다닥!

바쁘게 입안으로 과일을 밀어 넣는 와중에도 살아보겠다는 본능으로 날개를 파닥이고, 주인이 묻는 말에도 착실히 대답하는 엠페러의 모습은 여러모로 본받을 점이 많았지만… 나는 순순히 고개를 끄덕여 줄 수 없었다.

"말도 안 되는 소리 하지 마! 지금 저 괴물들 사이로 파고들 자는 거야? 차라리 지금처럼 조금이라도 날개를 파닥거리는 게……."

절레절레.

"주인, 그것은 불가능하다."

진중한 어조로 내 의견에 반대하는 엠페러를 보며 나는 다시금 묻지 않을 수가 없었다.

비록 높은 위치는 아니지만, 조금 전 격돌의 풍압으로 솟구쳐 오른 우리는 조금만 노력하면 이 괴수 녀석들의 머리 위를 지나쳐 싸움터 밖으로 벗어나는 게 가능해 보였기 때문이다.

물론 그 조금의 노력은 모두 엠페러가 해야 하는 일이긴 하지만…….

하지만 그때, 엠페러가 다시 지면을 쳐다보며 말했다.

"주인, 내가 저 녀석들을 개인적으로 좀 아는데……."

"뭐? 그런 건 진작 말했어야지. 그럼 빨랑 설득 좀 해봐, 우리 잠깐 지나간다고."

"아니, 애당초 저들은 말이 통하는 상대가 아니야. 그보다는 저걸 보는 게 설명에 도움이 되겠지."

"뭐를······."

쯔으읏— 팡!

엠페러의 말과 함께 지면으로 시선을 돌렸을 때, 나의 눈에 들어온 것은 한 줄기 거대한 빛과 짧은 소성이었다.

앞으로 쭉 내민 금빛 원숭이의 양손에서 시작된 빛줄기는 숲을 관통하듯 일직선으로 길게 뻗어 나가고, 그걸 간발의 차로 피한 거대 악어는 늪지에 숨겨져 있던 굵은 뒷다리로 몸을 일으키는가 싶더니, 이내 입을 열어 보랏빛의 불꽃을 주변에 흩뿌렸다.

두 괴수가 쏘아낸 각각의 공격은 기다란 고랑과 주변의 모든 지형지물을 녹여 버리는 보랏빛 불꽃만을 남기며 이곳을 지옥으로 뒤바꾸고 있었다.

"주인, 이곳 서쪽 숲에는 두 지배자가 있다. 하나는 원숭이 군대를 이끄는 금모원왕(金毛猿王)이고, 다른 하나는 수십 년에 한 번 지상으로 늪지의 군대를 이끌고 나오는 지하악왕(地下鰐王). 둘 모두 한 지역의 지배자가 되기에 충분한 초강자들이지만, 방위에 따라 나뉜 숲의 환경 탓에 이곳에만 두 왕이 자리 잡게 되었고, 이렇게 수십 년에 한 번씩 숲의 지배권을 놓고 싸우길 계속해 왔다."

급박한 와중에도 긴 설명을 줄줄이 말해 나가는 엠페러의 모습에 감탄이 흘러나왔지만, 그보다 중요한 사실이 있었다.

"그걸 다 알고 있었으면 미리 알려줘야 할 거 아니야!"

"주인, 나도 수백 년 만에 북쪽 숲에서 나온 참이라 이들의 싸움이 어떻게 되었는지 몰랐어. 오히려 숲에서 늪지 냄새를 맡았을 때, 지하악왕이 지배자가 된 건 줄 알았으니까… 설마하니 아직까지도 싸우고 있고, 오늘이 그 싸움 주기일 줄 누가 알았겠어?"

"크으윽!"

대꾸할 수 없는 날카로운 반박에 침음을 흘리던 나는 어느덧 다시금 가까워져 온 지상 지옥의 모습에 빠르게 물었다.

"그럼 무슨 계획이 있는 거야? 저 사이로 돌파하자고 했잖아."

"계획이라기보단… 그냥 내가 나서서 중재를 해볼까 하고……."

"뭐?"

슬쩍.

문득 엠페러의 작은 체구와 저 밑에서 벌어지고 있는 괴수 대전을 비교하던 나는 눈치 빠른 녀석에게 한 소리 들어야만 했다.

"주인, 방금 굉장히 무례한 생각을 하지 않았나?"

"으응? 아, 아니야! 그보다는… 내 생각엔 말을 들어줄 만한 분위기가 아닌 거 같은데……."

투콰아아앙!

때마침 두 괴수의 충돌음이 고막을 때려왔고, 그 충격파에 수직 낙하 중이던 우리의 몸이 이번엔 좌우로 흔들렸다.

"뭐, 안 되면 죽어야겠지만……."

"뭐?"

"그래도 저 전쟁 통을 뛰어서 도망가는 것보다는 현실적이라고 생각하는데……."

쯔파앙!

쿠콰과과광!!

츠즈즈즛! 치이이이익!

"……."

뭐, 맞는 말이긴 한데… 그래도 의문이란 말이지.

"너, 정말 쟤들을 설득할 자신은 있는 거야?"

내가 의심스럽다는 듯 게슴츠레한 눈으로 묻자, 녀석은 자신 있다는 듯 가슴을 부풀리며 대답했다.

"엣헴! 이 몸이 비록 좀 약해지긴 했지만 북쪽 숲의 지배자인 바! 아무리 저들이라도 내 말이라면 들을 수밖에!"

"……."

그래서 요 며칠간 세계수 주변 몬스터한테 쫓겨 다니고, 숲에서 나오자마자 예티에게서 필사적으로 도망쳐야 했던 거냐?

당장에라도 하고 싶은 말이 차고 넘쳤지만, 유달리 자신감을 보이는 녀석을 보니 정말 지배자급 몬스터끼리는 무언가 통하는 것이 있는 게 아닐까 하는 생각이 작게나마 생겨났다.

물론 아주 작고도 작은… 그런 것이지만……

"어쩔 수… 없지."

"결정됐으면… 주인, 아까처럼 주변에 부유물을 밟아가며 가속도를 내줘."

"뭐?"

"지금부터 우리가 할 건 저들 왕 사이에 최대한 임팩트 있게 떨어지는 것! 대화를 할 시간을 조금이라도 벌어야만 해!"

"제에엔장… 알았다고!"

잘 모르는 사람이 보았다면 주인이 소환수에게 끌려 다니는 모습에 혀를 찰지도 모르지만, 이 계획의 주체이자 열쇠는 누가 뭐래도 엠페러.

내가 할 수 있는 것은 엠페러가 최대한 편히 대화할 수 있도록 돕는 것뿐이다.

'우선 저것부터……!'

파앗! 타닥!

아까 벨라를 구하기 위해 하늘로 날아오르던 때와 마찬가지로 가장 가까이 있는 부유물들을 빠르게 밟아 나가던 내 몸은 좌우로 몇 번이고 튕겨져 나가며 점차로 속도를 더해갔고, 이내 허공에 기묘한 파공음이 울려 퍼지기 시작했다.

파팟! 파파파파파팡!

자연적으로는 있을 수 없는 이질적인 파공음이 울려 퍼지기를 수십 번. 가장 좋은 타이밍을 찾으며 내 움직임에 날갯짓으로 가속도를 더하던 엠페러가 나에게 외쳤다.

"지금!"

"흐아아아아압!"

꾸우우욱!

나의 온 힘이 마지막 발판이 된 통나무와 두 발에 모이고, 이내 조금 전 금모원왕이 쏘아낸 빛줄기에 못지않은 강렬한 파공음과 함께 우리의 몸이 고속으로 추락하기 시작했다.

파—앙!

슈파아아앙!

그 기괴한 소성에 왕들의 공격 권역에서 벗어나고자 이리저리 바닥을 뒹굴던 악어와 원숭이들이 일제히 하늘의 한 점을 쳐다보았다.

그곳에는 때마침 저물어가는 석양을 배경으로 날카롭게 번쩍이는 빛줄기가 그들의 왕을 향해 떨어져 내리고 있었다.

하늘에 긴 궤적을 남기며 떨어지는 한 줄기 유성과도 같은 영롱한 주홍빛의 빛줄기.

하지만 그 실상은 달랐다.

"주, 주인! 조금 더 왼쪼오오오오옥!"

"으어어어억! 조종이 안 돼에에에에!"

"닿는다아아아악!"

…아름다운 유성의 누가 볼까 두려운 실상이지만, 그런 현실이야 어쨌든 간에 석양을 받아 반짝이는 빛줄기는 계획대로 착실하게 움직이고 있었다.

"주인! 이제 곧 바닥에 닿는다! 충돌에 대비해!"

"크윽! 알겠어!"

어느새 금모원왕과 지하악왕의 머리가 맞부딪쳐 기 싸움을 하고 있는 싸움터 정중앙에 위치하게 된 우리는 그들 사이의 틈새로 빨려 들어가듯 추락하는 중이었다.

그리고 지면에 가까워질수록 창백한 표정을 짓던 엠페러는 불룩한 가슴팍에서 과일 하나를 꺼내 자신의 부리에 깊게 박아넣었다.

내가 '너 그렇게 하면 어떻게 말할 건데?' 라는 물음을 던지기도 전의 일이었다.

'아니, 잠깐? 부리를 그렇게 해놓으면… 공격은?'

비록 저 괴수들을 직접 공격할 계획은 없지만, 위협을 주어 한 발짝씩 물러나게 하는 게 이 계획의 포인트 아니었던가.

두 마리 괴수 왕의 가죽조차 찢을 수 있는 엠페러의 부리가 저렇게 반만 드러나 있어선 그 위협의 강도가 약해질 수밖에 없었다.

그리고 그때, 내 생각을 읽기라도 한 듯 엠페러가 코맹맹이 소리로 웅얼거리며 날개를 움직였다.

"헹긴 호드(펭귄 소드)! 해겅 모드(대검 모드)!"

피칭!

피칭이라는 효과음은 어디서 나온 것인지 모르겠지만, 어째선지 그런 소리를 들은 기분이었다.

어쨌든 그런 외침과 함께 바람을 가르던 엠페러의 양 날개가 점차 머리 위로 모이더니, 이내 접영을 하는 수영 선수처럼 앞으로 팔을 쭉 뻗은 모양새가 되었다. 그리고 넓적한 두 날개의 끝이 한 점에 모이며 날카로운 검의 형상이 되었을 때, 엠페러의 날개에서 바람을 베어 가르는 듯 소름 끼치는 소리가 울려 퍼지기 시작했다.

쉬이이이익!

'이럴 수가! 펭귄 소드가 변신이 가능했다니!'

만약 지금 모습을 벨라가 봤다면 한숨을 내쉴 테지만, 내가 보기엔 참신하기 짝이 없는, 진정 대단한 기술이었다.

그리고 마침내 우리의 앞에 금모원왕의 정수리가 보이기 시작했다.

"어? 정수리?"

"응?"

'계획은 쟤들 틈새로 들어가는 거 아니었던가?'

문득 우리의 계획을 다시 점검해 봐야 하는 것 아닌가 하는 고민이 떠올랐지만… 깊은 생각을 할 수는 없었다.

왜냐하면…….

푸우우우욱!

…전설의 보검 뺨치는 엠페러의 날카로운 날개가 금모원왕의 머리를 파고들었고…….

쑤거어억!

…이어서 그 바로 밑에 있던 지하악왕의 머리까지 가르고 지나간 탓이었다.

나와 엠페러가 펭귄 소드 변신에 심취해 있는 사이, 머리를 포개듯 맞대며 힘 싸움을 하던 두 왕의 허무한 최후였다.

그리고…….

차악!

두 괴수의 머리를 관통하고 깔끔하게 지면에 착지한 나는 우리가 유성이 되었을 무렵부터 집중되어 있던 몬스터들의 시선을 느끼며 어색한 포즈로 양팔을 들어 보였다.

"짜… 짜잔?"

파이아아앗!

사락사락.

"……."

"……."

정말 노렸다고밖에는 볼 수 없는 타이밍이었다.

허무하게 죽어버린 금모원왕과 지하악왕의 시체가 데이터로 화해 금빛 가루가 되어 쏟아지는 그 모습은… 남아 있는 악어들과 원숭이들을 도발하기에 충분한 장면이었다.

〔레벨이 올랐습니다.〕
〔새로운 스킬 '체인지 펭귄 웨펀' 을 습득하셨습니다.〕
〔새로운 스킬 '유성낙하' 를 습득하셨습니다.〕
〔직업이 확정되었습니다.〕

〔직업 특성이 확정되었습니다.〕

〔두 번째 재능이 확정되었습니다.〕

〔피니시 무브가 활성화되었습니다.〕

〔피니시 무브를 습득할 수 있습니다. 확정하시겠습니까?〕

〔칭호 '금빛 파괴자'를 획득하셨습니다.〕

〔칭호 '늪지의 지배자'를 획득하셨습니다.〕

〔칭호 '킹 슬레이어'를 획득하셨습니다.〕

〔업적 '일격필살'이 갱신되었습니다. (부숴 버린 보스 2/10)〕

〔보스 몬스터는 처치 기여도에 따라 자동으로 아이템이 분배됩니다.〕

〔금모원왕의 가죽을 획득하셨습니다.〕

〔금모원왕의 발톱을······.〕

"어, 어어?"

눈앞을 새까맣게 채워 나가는 시스템 메시지에 당황하는 사이, 불안한 눈빛으로 악어와 원숭이들이 점차 포위망을 좁혀오는 것을 지켜보던 엠페러가 급박하게 외쳤다.

"주인, 어서! 도망가야 해!"

"으응? 그, 그래!"

파아앗!

여전히 시야를 빈틈없이 채우고 있는 시스템 메시지를 채 치우지도 못한 채 재빨리 몸을 날리는 나의 등 뒤로 수많은 악어들과 원숭이들이 따라붙기 시작했다.

크와와왕!

우키이익!

"전력으로 도망쳐야 해! 더 빨리!"

"이미 그러고 있다고오오오!"

우당탕탕!

노을로 가득 물든 서쪽 숲의 저녁. 그곳엔 한 인간과 펭귄의 처절한 비명 소리가 한동안 메아리쳤다.

포근하다.

처음 느낀 감각은 그것이었다.

기대 있는 얼굴에, 허전하기만 하던 가슴에… 차가운 몸 곳곳으로 따뜻한 온기가…….

응? 이거, 어디서 많이 느껴본 거 같은데… 뭐, 어쨌든.

포근하고, 단단하고, 따듯하고, 부드럽고… 푹신한 침대에 엎드려 누운 듯, 혹은 따스한 이불로 온몸을 감싸고 벽에 기대앉은 듯 기분 좋은 감각이…….

'흠… 이거, 뭔가… 흐음…….'

이 기분을 뭐라고 표현해야 할까? 데자뷰인 걸까? 하지만 보통 데자뷰가 이렇게까지 생생하던가?

사락—

'아, 바람……!'

이 바람이 볼에 와 닿는 감촉도 분명 그때와 같았다.

분명 그때와…….

번쩍!

"이런 나쁜 자식들!"

파앗!

"으아아악!"

"주, 주인!"

"또 몬스터들한테 던져 버리려고 했… 응?"

꿈인지 현실인지 분간조차 힘들던 그 순간, 얼굴에 맞닿는 바람의 감촉으로 정신을 차린 벨라였다.

그리고 일전에… 책으로 치면 약 세 장 분량 정도 전쯤에 겪은 일을 떠올리며 재빨리 업혀 있던 등에서 벗어난 벨라는 도약의 반동으로 바닥에 널브러져 있는 한 인간과, 그런 인간의 허리를 토닥거리는 펭귄을 보며 이번에야말로 진짜 정신을 차릴 수 있었다.

두리번.

"제로… 왜 그러고 있어? 몬스터는?"

"으윽, 허리……! 허리가아아……!"

"이 나쁜 엘프! 구해준 은혜도 모르고!"

토닥토닥.

"구해줘?"

엠페러의 외침에 벨라는 슬쩍 인상을 찌푸렸고, 곧 짧은 두통을 느꼈다.

그와 동시에 쏟아져 들어오는 기억.

"벨라!"

"젠장! 벨라아아아!"

"…아……."

비틀.

짧은 순간 해일처럼 밀고 들어오는 기억에 현기증을 느낀 벨라가 작게 비틀거리다가 이내 자세를 바로 했다.

　많은 기억들이 쏟아져 들어오긴 했으나 대부분은 듬성듬성 끊겨져 있고, 간혹 기억나는 것이라곤 자신의 이름을 외치던 제로의 목소리뿐이기에 절로 인상을 찌푸릴 수밖에 없었다.

　하지만 문득 바닥에 엎드려 팔을 뻗고 있는 제로를 보며 떠오르는 것이 있었다.

　"제에에엔자아아아아아양!"

　안타까움이 가득한 목소리와 자신을 향해 뻗어졌으나 허공을 움켜쥐는 커다란 손의 모습, 그리고…….

　"다행이야!"

　자신의 허리를 잡아채는 단단한 팔의 감촉까지.

　가장 중요한 장면 몇 가지를 떠올린 벨라의 얼굴이 시뻘겋게 달아올랐다.

　"어, 어버버버."

　"야, 이년아! 남자 허리를 이렇게 만들어놓고는 그러고 있으면 어떻게 해! 뭐라도 좀 해봐!"

새빨개진 얼굴로 아무것도 없는 허공을 보며 부끄러워하는 벨라를 한심하게 쳐다보던 엠페러가 표정이라곤 드러나지 않는 펭귄의 얼굴로 잔뜩 화를 냈다.

그제야 정신을 챙긴 벨라가 미안하다는 듯 바닥에 처박힌 제로의 허리에 손을 가져가 주무르려다가, 곧 무엇을 떠올렸는지 화들짝 놀라며 손을 뺐다.

그런 벨라의 행동을 보고 분통이 터지는지 엠페러가 폭언을 쏟아냈지만, 이미 벨라에게 엠페러의 목소리는 안중에도 없었다.

오히려 그 짧은 발로 방방 뛰는 모습이 귀엽게 보인달까?

최소한 지금 벨라의 눈에는 볼썽사납게 엎드려 하늘로 비죽 솟아오른 제로의 엉덩이조차도 핑크빛으로 보였다.

벨라가 조심조심 제로의 엉덩이로 손을 가져가 살포시 손을 얹고 중얼거렸다.

"아픔아, 다 날아가라~"

"거기가 아니라니까!"

그녀의 사정을 알 리가 없는 엠페러는 그 모습을 보며 팔짝팔짝 뛰어올랐고, 벨라는 그런 엠페러의 귀여운 모습을 보며 웃음 짓는 아비규환이 계속되었다.

그리고 마침내…….

깨꼬닥.

제로의 눈에서 빛이 사라졌다.

"어? 어어? 주인!"

"제로? 왜 그래!"

그제야 사태의 심각성을 파악한 벨라가 쓰러진 제로를 안아들고 훌쩍 몸을 날렸다.

목적지는 근처에 보이는 인간들의 성.

케이안 성이었다.

"제로, 금방 데려다 줄게!"

파앗! 펄쩍! 펄쩍!

개구리가 울고 갈 점프력으로 케이안 성까지 나무들 위를 경중경중 뛰어가는 그녀의 모습은 엘프라기보다는 메뚜기를 떠올리게 했다.

그렇게 그녀는 성까지의 최단 루트로 순식간에 자리에서 사라졌다.

그리고 그녀가 사라진 자리에는…….

"야! 나도 데리고 가야지!"

잔상이 보이는 파닥거림으로 분노를 표출하는 펭귄만이 남아 있었다.

〔퀘스트가 완료되었습니다.〕

〔보상이 지급되었습니다.〕

〔상세 내용을 확인하시기 바랍니다.〕

〔장시간의 게임은 건강을 해칠 수도 있습니다.〕

〔최대 접속 시간이 만료되었습니다. 게임이 10초 뒤 강제로 종료됩니다.〕

〔안전한 게임 종료를 위해 안전한 장소에서 로그아웃하시기 바랍니다.〕

〔10, 9, 8…….〕

〔게임을 종료합니다.〕

푸쉬이익―!

"끄으웅! 아이구, 허리야……."

인체 공학적 설계로 최고의 편안함을 보장한다고는 하지만, 같은 자세로 열 시간이 넘게 있는 것은 아무래도 무리가 있는 듯 뻐근한 허리를 두드리며 나는 접속 캡슐에서 몸을 일으켰다.

'끄응, 마무리를 완벽하게 못해서인지 조금 아쉽네.'

퀘스트 완료 알림과 함께 마침내 꿈에 그리던 인간 마을…이라기보다는 성을 발견한 나는 때마침 만료된 일일 최대 접속 시간 탓에 강제로 접속 종료되어야만 했다.

"벨라 녀석… 갑자기 허리를 차버리다니."

대비도 없이 부지불식간에 당한 공격이었기에 충격이 컸다.

그 강렬한 충격이 마치 현실로 이어진 듯한 기분에 뻐근한 허리를 천천히 주물러 나갔다.

'마비 상태 이상이 걸려서 로그아웃을 이상한 자세로 해버리긴 했지만… 뭐, 벨라도 깨어 있으니 괜찮겠지.'

그 주변에 얼마나 대단한 몬스터가 있을지 알 수 없지만, 숲 안쪽의 강력한 몬스터들도 한 방에 잡아버리던 벨라였다.

로그아웃 전에 보았던 성 주변으로 숲이 이어진 것을 봐서는 높게 잡아봐야 케이안 숲과 비슷한 수준일 터. 그 정도라면 걱정할 필요 없었다.

"그래. 뭐, 이제 게임 생각은 그만하고… 외출 준비를 좀 해 보실까?"

철컥철컥―

후두둑!

숙련된 기기 조작으로 몸에 달린 접속 장치들이 벗겨지자 나는 곧장 샤워실로 향했다.

오늘은 대망의 등교일. 아직 학교에 가기까지 여유가 좀 있지만, 첫 등교날부터 지각할 수는 없기에 일찍 준비하기로 했다.

양치질을 하고, 샤워를 하고, 머리를 빗고, 바르고, 뿌리고… 열심히 멋을 내고…….

새로 산 교복의 상의 단추를 잠갔다 풀었다 하며 옷맵시를 정리하고… 그리고… 그리고…….

'…할 게 없군.'

남자의 외출 준비란 참으로 단출한 일이기에 기념비적인 첫 등교를 위해 한 시간 일찍 준비를 마친 나는 교복을 비춰보던 거울 앞에서 멍하니 서 있어야만 했다.

'그러고 보니 교복은 처음 입는 건가?'

제대로 학교를 다닌 것은 초등학교 저학년까지의 일.

그 이후론 단 한 번도 학교에 가본 적이 없기에 나에게 있어 지금 입은 교복은 꽤나 특별한 느낌을 선사해 주었다.

고급 사립학교답게 세련된 디자인의 교복은 매끄럽게 달라붙어 적당히 체형을 드러내고, 부분, 부분 모자란 몸매를 보정하는 효과를 가지고 있어 누구에게나 잘 어울리게 설계되어 있었다.

뿐만 아니라 부드러운 재질의 원단과 조금 어두운 빛깔로 치장된 색상은 사람을 차분한 분위기로 만들어줘 단순히 교복임에도 고급스럽게 보이게 하는 효과가 있었다.

그리고 이런 고급스런 교복을 입은 나의 감상은…….

"이거, 드라이클리닝 해야겠지? 후, 편하게 물빨래하는 쪽이 좋은데 말이야."

1년간 들어갈 세탁비를 걱정하고 있었다.

"그래도 교복이란 걸 입으니 새롭네."

사회에 나온 뒤로 내가 처음 입은 옷은 아버지의 낡은 양복이었다. 말단 연구원 시절부터 입던 그 옷은 이리저리 해지고, 빛이 바래 어린애한테 어울리는 옷은 아니지만, 나는 그 빛바랜 양복을 좋아했다.

비록 그렇게나 낡은 옷이지만, 입고 있으면 나를 받아들여 주신 새 아버지의 포근함과 은은한 향기를 맡을 수 있었기 때문이다.

물론 나에게 정식으로 월급이란 것이 주어지고 아버지의 단골 양복점에서 맞춘 양복이 생긴 뒤로는 그저 장롱 속에 넣어두기만 했지만, 그래도 간혹 생각이 날 때면 꺼내보는 그 옷은 지금 입은 교복과 너무나도 큰 차이를 보여주었다.

"왠지 어색하구만."

벌써 몇 년이나 편한 양복과 트레이닝복만을 입고 다니던 나에게 이런 고급스런 교복이란 녀석은 영 어색하기만 했다.

"그래, 뭐… 이렇게 시간을 보내봐야 남는 것도 없고… 일찍 학교에 가서 학교 구조나 좀 알아볼까?"

일전에 한 번 봤던 동해 고등학교는 사람을 절로 주눅 들게 할 만큼 커다란 부지와 많은 건물을 가진 곳이었다. 아마 그곳 구조에 익숙해지는 데만도 한참이 걸릴 터. 미리미리 준비해서 나쁠 건 없었다.

"좋아, 그럼 가볼까?"

탁탁—!

고급스런 교복에 어울리지 않는, 낡은 구두의 앞코를 바닥에 두드려 신으며, 문득 현관 앞에서 허전한 집 안을 둘러봤다.

"흠, 뭔가 좀 아쉽긴 하네."

무엇이 아쉬운지 명확히 알 수는 없지만, 어쩐지 허전하다고 밖에는 설명할 길 없는 기묘한 감각을 느끼며 나는 현관문을 열었다.

철컥—!

그리고 닫혀가는 현관문 틈새로 괜히 한 번 말을 남겼다.

"다녀오겠습니다."

…….

대답이 들릴 리가 없건만, 잠시 현관의 문틈에 귀를 기울이던 나는… 괜히 부끄러워져 아무렇지도 않은 척 발걸음을 재촉했다.

　　집을 나온 것이 조금은 후회가 되었다.

Chapter 8

세계인의 게임,
리버스 라이프에서는……

띠링—!

[동해 고등학교 앞입니다.]

작은 알림음과 함께 버스에서 내린 나는 이제부터 다니게 될 학교, 동해 고등학교 정문 앞에 섰다.

지난번과 똑같은 위치에 똑같이 섰건만, 어쩐지 기분이 달랐다.

이전에 왔을 때는 완전한 타인으로서 방문한 것이라면, 지금 이 순간부터는 이 학교의 학생으로, 우리 고등학교라는 작은 소속감이 느껴졌다.

"크흠, 난생처음 고등학교를 오다 보니 너무 흥분했군."

이제 막 첫 등교를 하는 곳에 소속감이라니, 오버가 지나쳤다.

물론 학교를 다니면서 애교심이 생긴다든지 하는 것이 그리 이상한 일은 아니지만, 짧은 인생 속에서 내가 확실하게 깨우친 것 중 하나는 사물이고, 사람이고, 동물이고 간에 너무 정을 줘서는 안 된다는 것이었다.

사람이나 동물은 물론이고, 물건 역시도 내 몸에서 벗어난 것.

언제라도 떠날 수 있고, 언제라도 예전과는 달라질 수 있다는 것을 잘 알고 있었다.

'그런 면에서 보면 오늘 새벽에 벨라 일은… 조금 심하긴 했지.'

벨라를 구하기 위해 처절하게 뛰어다닌 그 순간을 떠올리자니, 괜스레 얼굴이 붉어지는 기분이었다.

하지만 이내 당당해지기로 했다.

어차피 그곳은 게임 속 세계, 현실과는 다른 세상이었다.

그런 곳에서 일반적인 상식을 강요하는 것은 게임에 대한 예의가 아니었다.

어차피 막 즐기기로 하지 않았던가.

게임은 그저 마음 가는 대로 하면 될 일이었다.

'그래, 남들에겐 리버스 라이프지만… 나에겐 멋대로 라이프인 거지.'

내 이름 박대로, 올해 나이 19세.

게임 좀 멋대로, 내 맘대로 한다고 욕먹을 만한 나이는 아니었다.

처억!

치켜든 나의 턱이 이런 내 생각이 얼마나 굳건한지를 표현했다.

그리고…….

"크흠흠."

"아, 안녕하세요?"

꾸벅.

정문 바로 옆에 붙은 수위실에서 들려온 헛기침 소리에 고개 숙여 보인 나는 빨개진 얼굴을 감추고자 그 자세 그대로 학교로 들어갔다.

"…어휴, 내 팔자야."

학교 정문 앞에서 게임 속 이야기에 열중해 나름의 당위성을 부여하며 자랑스러워하다 미묘하고도 불편한 헛기침 소리를 들었더니, 벌써부터 집에 가고 싶어졌다.

내일은 적당히 시간을 맞춰 학생들이 많이 다니는 시간에 묻

어 들어와 수위 아저씨와 눈 마주치는 일이 없어야겠다는 생각
과 함께 나는 교실을 찾아 들어갔다.

'3학년 1반이라고 했었지?'

고급 학교인 탓인지 학생 수도, 학급 수도 적은 이곳 동해 고
등학교의 3학년은 고작 다섯 개 반에 불과했고, 편입으로 난입
한 역사상 최초의 학생인 나는 적당한 제비뽑기를 통해 1반으로
배정이 된 상태였다.

이런 잘나신 학교에서 제비뽑기로 반을 정하다니… 뭔가 괴
리감이 느껴졌지만, 각 반 30명의 정원이 다 찬 상태라는 데야
반박할 말도 없었다.

드르륵—!

그렇게 힘차게 문을 열고 처음으로 들어선 3학년 1반의 교실
은… 한마디로 난장판이었다.

바닥에 아무렇게나 널브러진 체육복과 책상마다 그려져 있는
각양각색의 낙서들, 그리고 여학생들의 자리인 듯 알록달록, 형
형색색의 방석이 놓인 의자와 책상을 뒤덮은 과자 봉지와 부스
러기들……

널찍한 교실의 창가 구석에 가장 멀쩡하고 깨끗한 책상 하나
가 내 것이란 것은 굳이 물어보지 않아도 알 수 있었다.

그리고 거기까지 교실 상태를 확인했을 때, 나는 안쪽으로 들이밀었던 발과 몸을 빼내 슬쩍 교실 앞문 위에 달린 숫자를 확인했다.

혹시나 창고나 쓰레기장이라고 쓰여 있던 것을 잘못 보고 들어온 것은 아닌지 확인하기 위해서였다.

3—1

"……."

사실 굳이 이렇게까지 확인하지 않아도… 앞서 말했다시피 교실 구석에 놓인 깨끗한 책상이 내 것임을 직감적으로 깨달았을 때, 이곳이 교실임을 확실히 알 수 있었다.

"친절도 하셔라……."

31번 박대로

깨끗한 책상 위에 붙어 있는 이름과 번호는 친절하게도 이 쓰레기장 같은 곳이 바로 내가 1년간 생활할 곳이라는 것을 다시금 확실히 상기시켜 주었다.

"후… 학교랑 학생이 아무리 잘났더라도 '학생'인 건 변하지 않는다는 건가?"

아무리 대단한 집의 아들딸들이라곤 해도 아직은 십 대. 철부지인 게 당연했다.

'사실 최근엔 꼭 그렇지만도 않지만……'

대다수의 10대가 철부지이긴 하지만, 중졸 사회인이 급격하게 늘어남에 따라 세상의 쓴맛에 강제로 머리가 깨버린 어린이들이 줄줄이 생겨나는 중이었다.

그러다 보니 이 세상의 철부지들은 급속도로 줄어드는 추세였다.

"뭐, 평생 철부지여도 굶어 죽지 않을 거란 거겠지."

어태껏 세상의 난맛만을 보며 살아왔을 그들이 앞으로 죽을 때까지 단맛만을 볼 것이라고는 단언할 수 없지만, 마음만 먹는다면야 세상의 쓴맛을 피해 사는 것이 그렇게 어렵지만도 않은 것이 바로 이 학교에 다니는 학생들이다.

나는 그렇게 수긍하기로 했다.

"그나저나… 이건 대체 누구 책상이야?"

교실을 돌아다니며 여기저기를 구경하던 내 눈에 띈 것은 나와 두 줄 떨어진 곳에 있는 맨 뒷자리로, 유달리 화려하게 치장된 자리였다.

"여자애 자리인가……"

온통 핑크색으로 도배된 자리는 의자에 놓인 방석은 물론, 책상 위에 쌓인 교재마저도 핑크색의 비닐 커버가 씌워져 있고, 책상 귀퉁이엔 분홍색 립스틱과 매니큐어 등 각종 화장품이 있었으며, 결정적으로 널따란 책상 위에 빼곡히 그려진 순정 만화 캐릭터들은 반짝이는 큰 눈에 삼각형 얼굴로, 머리는 형광펜으로 칠했는지 잔뜩 번진 분홍 머리를 하고 있었다.

"…되도록이면 상종하지 말아야지."

원래 무언가 특정 숫자나 색, 사물 같은 것에 집착하는 인간치고 정상적인 경우는 드문 법이었다.

자리의 주인공을 아직 보지도 못했지만, 뿜어져 나오는 핑크빛 오라만으로도 나를 질리게 하기엔 충분했다.

그러던 그때, 내 눈을 잡아끄는 물건이 그 책상에서 발견되었다.

달그락—

"…개 껌?"

책상 서랍 귀퉁이에 빼꼼 튀어나온 뼈다귀 모양의 하얀 그것은 여기저기 물어뜯은 자국이 선명한 개 껌이었다.

"이런 게 왜 학교에……."

내가 그것을 꺼내 살펴보고 있던 그때, 교실 밖 복도가 소란스러워졌다.

"베르난도! 갑자기 왜 그래! 어디 개 껌 냄새라도 맡은 거야?!"

두다다다다!

'개 껌?'

무언가 사람이 아닌 것이 짧은 다리를 놀려 복도를 달려오는 소리와 함께 가냘프고 아름다운… 하지만 어딘지 익숙하면서도 불쾌한 목소리가 내 귓가에 울려 퍼졌다.

그리고 잠시 뒤.

투다다다… 다다닷!

"우, 우와악! 뭐야, 이 개!"

주인은 어디다 팔아먹었는지 기다란 목줄을 매단 채 조금 열려 있던 교실 뒷문을 비집고 나타난 불도그 한 마리가 내 앞에서 펄쩍펄쩍 뛰어오르며 내 손에 들린 개 껌을 향해 무한한 애정 표시를 하기 시작했다.

나는 덩치 큰 개가 내 앞에서 난동을 부리는 것에 대해 위험을 피하고자 재빨리 개 껌을 녀석에게 물려주었지만, 이미 이성이 날아간 녀석은 내가 물러나기도 전에 내 몸을 타고 오르며 식탁 삼아 가슴에 턱을 괴더니 개 껌을 먹기 시작했다.

"이런 개새끼가……."

비록 넘어져 다치지는 않았지만 겨우 개에 밀려 넘어졌다는 수치심과 오늘 첫 개시한 교복이 개 발자국으로 더러워졌다는 것에 대한 분노가 끓어오르며 나의 주먹이 녀석의 머리 10센티미터 위까지 접근했다.

바로 그때, 나의 살기를 감지하기라도 한 것인지 내 가슴팍에서 게걸스럽게 개 껌을 물어뜯던 녀석이 벌떡 자리에서 일어서며 쪼르르 밖으로 나가 버렸다.

나는 허탈한 심정에 도망치는 녀석을 잡지도 못하고 가슴에는 개 껌을 올려둔 채 드러누운 모습으로 잠시 굳어 있어야만 했다.

그리고 잠시 뒤, 멍하니 바닥에 누워 있는 내 귓가에 다시금 사람과 개의 소리가 들려왔다.

"아이 참, 베르난도! 자꾸 그렇게 혼자 가버리면 앞으로 학교에 안 데리고 온다?"

왈! 왈왈!

문밖, 여전히 익숙하게 들리는 목소리에 무언가가 떠오르려던 찰나, 뒷문을 힘차게 열고 들어온 여자와 눈이 마주쳤다.

"너는⋯⋯!"

"꺄아아악! 도둑이야!"

"뭐?"

커다란 소라를 머리 양옆으로 매달아 늘어뜨린 듯 풍성한 머리와 찰랑이는 머릿결, 그리고 이런 기묘한 머리를 완벽하게 소화하는 아름다운 얼굴.

사전 시험을 보러 왔을 때 시비가 붙은 여자였다.

하지만 무언가 말을 하기도 전에 나를 도둑으로 몰아붙이는 비명에 당혹성을 내뱉을 수밖에 없었다.

아니, 나는 저 개새끼한테 깔려서 넘어진 것밖에는 없는데, 도둑 취급이라니!

애당초 누워 있는 내가 무엇을 훔쳐 가지고 있다는 말인가.

"개 껌 도둑이야!"

"……."

나는 여전히 내 가슴 위에 놓인 개 껌을 보며 비명을 지르는 여자에게 인상을 쓰며 말했다.

"이봐, 이런 건 그냥 개나 주라고. 쥐도 안 훔치니까 헛소리 말고 사과나 하시지!"

꿀릴 게 없는 나였기에 당당히 개로 인해 입은 피해에 대해 사과를 요구했고, 천천히 다가오는 그녀를 보며 뿌듯함에 속으로 작게 미소 지었다.

이 여자가 어디까지 개념이 없는지는 몰라도 자기 개가 나쁜 짓을 했다는 것을 안 이상 사과를 할 수밖에 없을 터였다.

'증거를 요구하면 교복에 찍힌 발자국을 보여주지 뭐.'

특하나 나로선 개 발자국이라는 빼도 박도 못할 만큼 확실한 증거를 가지고 있기에 더욱 자신이 있었다.

하지만… 이년은 내 생각보다 더 미친년이었다.

"까아아악! 도둑! 죽어랏! 죽어어엇!"

퍽퍽! 퍼퍽퍽!

"으억! 억! 뭐, 뭐하는 짓이야, 이 미친년아!"

나는 난데없이 마구잡이로 떨어져 내리는 교과서 세례에 깜짝 놀라 몸을 웅크리면서도 할 말은 내뱉었다.

"뭐? 미친년?"

하지만 그런 내 선택이 조금 잘못된 것인지, 더욱 흥분한 여자는 재빨리 나에게 다가와 발길질을 하기 시작했고… 도저히 이런 행태에 참을 수 없는 분노를 느낀 나는 결국 최악의 수를 꺼내 들고 말았다.

"야, 이 딸기 팬티 년아! 뭐하는 짓이냐고!"

"따, 딸기……."

여태껏 나를 향해 쏟아지던 발길질이 멈추고, 일순 '딸기'를 중얼거리던 여자가 자신의 치마를 꾸욱, 눌러 가리며 이내 자리에 주저앉았다.

그러고는… 펑펑 울기 시작했다.

"흑… 흑흑… 우아아아앙!"

"뭐, 뭐야, 대체?"

조울증이라도 있는 것일까?

화를 냈다 울었다 제멋대로인 여자를 보며 당황한 내가 자리에서 일어날 무렵, 비명 소리를 듣고 학교의 선생님들이 몰려들어왔다.

울고 있는 여학생과 그 앞에 선 건장한 남학생.

무언가 억울한 상황이 펼쳐질 것만 같은 분위기 속에서 예의 그 미친년이 한마디를 덧붙였다.

"우아아앙! 흑으으윽! 나 이제 시집 못 가아아! 으으아아앙!"

"……."

"……."

그것을 보고 있는 나도, 몰려든 선생님들도 말이 없어지고… 나는 내 몸 위에 찍힌 발자국들을 증거로 항변했지만, 교무실에 끌려가는 것을 막을 수는 없었다.

덜컹, 쿵!

"후… 생각할수록 화가 나네, 이거."

학교를 마치고 돌아오는 길.

아침에 벌어진 일에 대해 오해를 풀 수는 있었지만, 나는 끝끝내 그 여자애로부터 사과를 듣지 못한 채 오히려 접근 금지 명령을 받아야만 했다.

선생님들이 말하길, 이런 조치가 나와 그 여자애 모두를 보호하는 최선의 방법이라고 했다.

그 여자의 발작에 가까운 미친 짓을 직접 확인한 나로선 수긍못할 만한 이야기는 아니지만, 그래도 억울하기 짝이 없었다.

"젠장, 게임이나 해야지."

집에 돌아오기 무섭게 곧장 게임을 찾는 내 모습은 흔한 게임 중독자의 모습과 다를 바가 없었지만, 게임 속엔 내 스트레스를 받아줄 녀석들이 있고, 스트레스 해소야말로 게임 본연의 목적이니 어찌 보면 게임을 가장 잘 활용하고 있는 것인지도 몰랐다.

'아침에 성 바로 코앞에서 로그아웃했으니… 접속해서 성에도 들어가 보고, 어제 얻은 아이템이랑 스킬 같은 것도 전부 확인해 봐야겠다.'

게다가 오늘은 게임에 들어가서 해야 할 일도 많았다.

접속 장비를 걸치는 내 손길엔 거침이 없었고, 이내 숙련된 몸짓으로 캡슐에 몸을 기댔다.

철컥!

[삐빅! 접속 장치 닫힘.]

푸쉬이이익!

[삐이! 접속을 시작합니다.]

[환영합니다, 박대로 님.]

여느 때와 마찬가지로 헤드기어에서부터 무언가가 내려온다는 느낌을 받으며 눈을 감은 나는 몸이 빨려 들어가는 기분과 함께 다시금 눈을 떴다.

번쩍!

"응?"

"아앗! 깨어났다!"

"오오, 주인!"

어째선지 얼굴에 바짝 붙어 있는 벨라와 엠페러의 모습에 이상함을 느낀 나는 뜨거운 숨결이 느껴지는 두 얼굴을 밀어내며 바닥에 누워 있던 몸을 일으켰다.

그리고 문득, 주변이 소란스럽다는 것을 느꼈다.

"응? 여긴……."

수군수군.

속닥속닥.

어째서일까, 내가 분수대 옆에 누워 있던 이유는.

어째서일까, 내가 이렇게 사람들의 시선을 받고 있는 이유는.

그때, 나의 의문을 해소해 주고자 벨라와 엠페러가 나섰다.

"주인, 주인이 쓰러지고 위험한 숲 같은 곳에 방치할 수가 없어서 우리가 곧장 이곳 인간 마을에 데리고 왔어!"

"우리라니! 내가 데리고 온 거잖아!"

"이 엘프가 근데! 니가 날 두고 간 거잖아! 나도 처음부터 데려다 줄 생각이었다고!"

서로 이번 일의 전공에 대해 논하며 투닥거리는 한 엘프와 펭귄의 모습을 보며, 나는 조용히 그들에게 물었다.

"…그런데 내가 왜 광장 분수대 옆에 누워 있는 거지?"

"아아, 그건 내가! 내가 말할게!"

"아니야! 내가 말할 거다! 주인, 그건 말이지……!"

서로 발언권을 놓고 아웅다웅하는 것을 보며 나는 골이 아파 오는 느낌에 손을 들어 둘의 대화를 제지하고 발언자를 특정지어 줬다.

"나를 여기 분수대 옆에 데려다 놓은 사람이 얘기해."

내 한마디에 극명하게 갈리는 반응이 누가 나를 이곳에 데려다 줬는지 확실하게 알게 해주었다.

"옛헴!"

나의 한마디에 엠페러가 가슴을 부풀렸고……

시무룩.

…벨라의 작은 가슴은 더욱더 쪼그라들었다.

"일단 주인을 성까지 데리고 오긴 했는데, 치료를 하거나 숙박 시설을 이용하려면 돈이 필요하다고 하더라고. 하지만 우리가 무슨 돈이 있겠어? 처음엔 적당히 성곽에 눕혀놨는데, 거기서 누.구. 때.문.에. 소란이 조금 있어서… 자리를 옮겨야 했거든. 그러니 환자에게 가장 필요한 물을 쉽게 구할 수 있고, 혹시 맘씨 좋은 치료사가 지나갈 때 부탁할 수 있게 눈에 잘 띄는 여기에 데려다 놨지."

"나! 나! 물이 필요하니까 물이 많은 곳으로 가자고 한 건 나야!"

자신의 공적에 대해 자부심을 느끼는지 잔뜩 가슴을 부풀리는 펭귄과 그런 펭귄의 말 도중 특정 부분에서 움찔하다 말고 손을 번쩍 들며 끼어드는 엘프의 모습에 다시금 두통이 일어나는 것을 느끼며 나는 양손을 들어 둘의 머리 위에 올렸다.

그러고는…….

딱! 따콩!

"악!"

"주인!"

"이유는 찬찬히 생각해 봐라……."

억울하다는 듯 쳐다보는 둘의 시선을 무시하며 자리를 털고 일어난 나는 콩트나 다름없는 대화가 마무리되자 멀어지는 시선들 속에서 여전히 우리를 주시하고 있는 세 사람을 볼 수 있었다.

"⋯⋯?"

어째서 판타지를 배경으로 한 이 게임에 쫄쫄이를 입고 있는 것인지⋯⋯.

각각 빨간색과 파란색, 그리고 초록색의 쫄쫄이를 입고, 하얀 장갑, 하얀 부츠, 그리고 각각의 옷 색과 같은 마스크 헬름을 착용한 세 사람.

그 특이한 모습에 우리 세 사람의 시선이 그들에게 향했다.

그러자 마치 시선을 주길 기다렸다는 듯이 차분히 우리 앞에 다가와 각자의 헬름을 벗었다.

빨간 헬름이 벗겨지자 훤칠한 모습의 백인이 모습을 드러냈고, 파란 헬름이 벗겨지자 선탠을 한 듯 구릿빛 피부의 선 굵은 얼굴을 한 동양인 남성이 모습을 드러냈으며, 마지막으로 초록색 헬름이 벗겨지자 까무잡잡한 얼굴의 흑인이 나타났다.

그리고 그들의 대표인 듯한 빨간색 옷의 백인이 나에게 악수를 청하며 말했다.

"안녕하십니까, 저는 엘리멘탈 파이브의 리더 '대장은 레드'

입니다."

'유저인가?'

사실 시대 배경을 무시하는 특이한 복장과 어느 부분이 이름 인지 쉽사리 구분 안 가는 자기소개를 보면 누가 봐도 유저임이 틀림없지만, 이 게임을 시작한 이래 처음으로 보는 유저인데다 게임 배경에 잘 어울리는 훤칠한 백인의 모습이었기에 잠시 의 심을 품은 나였다.

슥슥.

나는 흙이 묻은 손을 바지에 닦아 털어낸 후, 이내 손을 맞잡 으며 내 소개를 했다.

"저는… 그냥 평범한 유저 제로입니다."

"오우~! 평범한 유저요? 하하하! 유머 감각이 뛰어나시군 요."

"……?"

내 소개에 시원하게 웃어 보이는 대장은 레드를 보면서 나는 작게 고개를 갸웃거렸지만, 사실 리버스 라이프에서 자신을 소 개할 때는 보통 자신을 대표하는 직책과 닉네임을 말하거나, 혹 은 자신의 직업과 닉네임을 말하는 식으로 소개를 하기 마련이 었다.

하지만 그런 상식과는 거리가 먼 나였기에 적당히 소개를 한 것이지만, 이 유저는 그걸 조크나 신비주의 컨셉 같은 것으로 받아들이고 시원하게 웃어넘긴 것이었다.

그리고 같이 듣고 있던 파란 쫄쫄이의 동양인 유저가 하하, 웃어 보이며 빨간 쫄쫄이 레드에게 말했다.

"하하, 이거 신비주의라니… 정말 블랙이나 그레이 같은 것에 딱 어울리는 사람 아니야?"

"후후, 그렇군. 우리가 사람을 잘 봤어. 이렇게 조건에 잘 어울리다니. 역시 블랙이나 그레이는 신비롭고 비밀이 많은 콘셉트가 제격이지! 자네 생각은 어떤가, 블랙?"

"……."

만족스럽다는 듯 중얼거리며 자신의 왼편에 서 있던 녹색 쫄쫄이의 흑인을 향해 묻는 레드의 얼굴엔 사심이라곤 하나 없는, 환한 미소뿐이었다.

하지만 어째선지 질문을 받은 유저는 대답하지 않았고, 반대쪽에 서 있던 파란 쫄쫄이가 툭툭, 건드리며 불렀다.

"왜 그래? 무슨 일 있어?"

"으응? 나?"

자신을 부른 줄 몰랐다는 듯 어리둥절한 표정을 짓는 그는 무언가 이상하다는 듯 중얼거렸다.

"방금 분명 블랙을 불렀는데… 아니, 그전에 우리 아직 블랙이 없는 거 아니었어?"

"무슨 일이야, 블랙? 렉이라도 걸린 거야?"

"응? 아니, 잠깐. 나는 블랙이 아니라 그런……."

"하하, 잠깐 우리 동료가 게임을 오래해서 피곤했나 봅니다."

그렇게 말하며 웃는 레드의 얼굴엔 여전히 악의라곤 전혀 찾아볼 수 없는, 싱그러운 미소가 가득했다.

나는 그런 레드의 환한 얼굴을 보면서 조금 떨떠름한 표정으로 그에게 한 가지 사실을 지적하고자 했지만, 그보다는 녹색쯤쯤이 쪽이 빨랐다.

"이봐, 레드! 블루! 이건 완전 인종차별적인 발언이라고!"

"아니, 그린, 무슨 말을 하는 거야?"

"그래, 블랙. 혹시 피곤한 거라면 잠시 오늘은 먼저 나가서 쉬라고. 같이 있으면 좋겠지만, 피곤한 사람을 억지로 잡아둘 수는 없지."

"아니, 잠깐……! 지금 또……!"

"그럼 일단 그린은 잠시 쉬는 걸로 하고, 저희 이야기를 해볼까요? 블루, 블랙을 숙소에 데려다 줘."

"블랙, 숙소까지 같이 가줄게."

"아니! 이봐! 잠깐만!"

그렇게 한참을 소란을 떨던 그들은 이내 블루의 손에 블랙(?)

이 숙소로 끌려가는 것으로 마무리되었다.

그리고 다시 평온을 되찾은 레드가 예의 그 환한 미소로 우리를 향해 웃으며 말했다.

아니, 말하려고 했다.

퍼억!

뒤통수를 강타한 블랙… 아니, 그린의 나무 몽둥이만 아니었다면 말이다.

예상치 못한 공격에 정신을 차리지 못하는 듯 비틀대던 레드는 이내 자신을 때린 게 그린임을 깨닫고 억울함과 당혹스러움이 섞인 눈으로 물었다.

비틀비틀.

"왜… 왜……."

풀썩!

끝끝내 균형을 잡지 못하고 고꾸라지듯 무릎을 꿇은 레드는 애처로운 눈빛으로 자신의 엘리멘탈 파이브 동료 그린을 보며 마지막으로 말을 흘려냈다.

"블랙……."

퍼억! 퍼억!

"이 인종차별주의자 녀석!"

쓰러진 레드를 마구잡이로 구타하는 그린을 향해 저 멀리서 블루가 달려들어 그를 말렸고, 이내 엎치락뒤치락하는 싸움을 지켜보던 우리 일행은 그들로부터 조용히 멀어져 갔다.

그렇게 열 걸음이나 물러섰을까.

우리의 옆으로 경비병 NPC들이 호각을 불며 스쳐 지나갔다.

그 모습을 보며 나는 엠페러와 벨라에게 작게 말했다.

"우리는… 싸우지 말자. 알겠지?"

끄덕.

사건 현장으로부터 완전히 몸을 돌린 우리는 케이안 성의 안쪽으로 발걸음을 옮겼다.

이제는 마음 편히 게임을 즐기고 싶었다.

그렇게 세계인이 즐기는 리버스 라이프의 평범한 하루가 가고 있었다.

외전

잡다한 이야기

3. 칸의 경우

마을을 지키던 평범한 전사 시절, 칸에게는 꿈이 있었다.

그 꿈은 바로 언젠가 마을 밖에 나가 멋진 모험을 하는 것.

당시만 해도 우리 마을엔 진정한 전사가 되기 위해 마을 밖에 나가 여행을 하고 오는 것이 규칙이었다.

그것은 세월이 흐르면 싫어도 당연히 해야 될 일이지만, 어릴 적 인간들이 쓴 영웅담 한 편을 읽은 뒤로부터 그것은 칸의 꿈이 되었다.

세상에 강림한 대마왕을 무찌르기 위해 여행을 하는 인간 영웅과 그를 도와 세계를 탐험하는 엘프 조력자의 모습은 영웅담을 접한 이래 칸의 변치 않는 꿈이었다.

　그러나… 그런 부푼 꿈도 그리 오래가지는 못했다.

　오랜 전통처럼 이어져 오던 전사들의 여행이 칸이 여행을 가게 될 무렵 사라지게 된 것이었다.

　청천벽력과도 같은 소식에 칸은 억울함을 토로하며 그런 결정을 내린 마을의 어른들을 찾아가 하소연했다.

　하지만 결정은 변하지 않았고, 왜 그런 결정을 내렸느냐는 질문에는 모두가 입을 맞추기라도 한 듯 똑같은 대답을 했다.

　— 인간들로부터 배울 게 없다.

　언제부터인지 모를 만큼 오랜 세월 동안 행해진 전사의 여행 속에서 수많은 엘프 전사들이 얻은 것이라곤 인간에 대한 불신, 이종족에 대한 배척감, 그리고 영원토록 남을 상처들뿐이었다.

　그들이 애당초 여행의 목표로 삼은 용기의 증진, 정의감, 강한 힘은 그곳에 없었다.

　케이안 숲의 엘프들은 그들이 만난 어떤 인간들보다도 용감했고, 가장 앞선 곳에서 마을을 지키던 전사들의 정의로움은 인간들 중 가장 올곧다는 기사보다도 강인했으며, 인간의 이기심과 욕심이 만들어낸 강함은 오로지 인간만을 위한 힘이었다.

　수백 년에 걸쳐 그러한 사실을 깨닫게 된 원로 엘프들은 그들이 원하는 모든 목표가 이미 이곳 케이안 숲에 갖춰져 있음을 깨달았고, 전사들의 여행을 제한하기에 이른 것이었다.

　그렇게 완고한 어른들의 태도에 하루가 멀다하고 설득하고자 발품을 팔던 칸은 수십 년간 추구해 온 자신의 꿈을 포기해야만 했다.

　꿈을 잃은 존재가 무슨 힘으로 하루를 살아야 하는 것일까.

　칸은 그런 생각을 하곤 했다.

　아무런 목적도, 의미도 없이 하루하루를 보내던 칸이지만, 어릴 적부터 쌓아온 실력과 재능은 더 이상 노력을 하지 않음에도 주머니 속 송곳처럼 툭 튀어나왔다.

　별다른 노력도 하지 않았건만, 칸은 어느새 마을의 전사장이 되어 있었다.

　그리고 전사장이 된 칸은 이내 자신의 운명에 순응했다.

　마을을 지키는 것이 일생의 목표인 전사장은 함부로 마을을 벗어날 수 없었고, 오랜 시간 외부로 나가 있게 되는 여행 같은 것은 꿈도 못 꿀 일이었다.

　그렇게 칸은 자신의 의무를 핑계 삼아 꿈이 무너져 버린 것에 대해 스스로에게 변명을 하며 살아왔다.

　그리고 정기적으로 마을 외부로 나가는 것을 위안 삼으며 백여 년을 살아왔다.

　그동안 칸은 많이 바뀌었다.

원대한 꿈을 꾸던 꼬미는 어른이 되어버렸고, 현실에 순응한 그에겐 더 이상 바깥 세상에 대한 두근거림은 사라진 지 오래였다.

다만, 바깥에 있는 인간들의 문명이 흥미의 대상이 되었을 뿐.

짧은 생을 효율적으로 즐기기 위해 발전한 인간들의 문명은 무료하게 지속되는 그의 삶의 작은 여흥거리가 되었고, 칸은 인간들이 발명한 장난감에 만족하며 살아가고 있었다.

그리고 여느 때처럼 숲의 안전을 위해 동생과 순찰을 돌고 오던 날, 그가 찾아왔다.

맨몸뚱이에 딱 달라붙는 속옷 하나만을 걸친, 약해 빠진 인간 하나.

그 인간은 자신을 제로라고 소개했다.

수백 년의 세월 동안 그토록 유쾌하고 즐거운 일이 또 있을까 싶었다.

인간에 대해 알지 못하는 마을의 소녀들을 모아놓고 인간의 생식 방법에 대해 강연을 늘어놓고, 당황해하는 인간을 보며 유쾌해했다.

때마침 한창 빠져 있던, 귀갑 묶기라는 것에 대한 연구를 핑계로 그를 잡아두었고, 미처 예상치 못했지만 비전을 가르쳐 주는 것으로 코를 꿸 수 있었다.

이방인인 그에게 이 숲을 나가는 힘을 주겠다며 계약으로 그를 묶었고, 아무런 힘도 느껴지지 않는 그를 단련시키곤 했다.

이방인이 아무리 특별하다고 한들 특별한 기술도 없이 이런 단순한 운동만으로는 절대로 숲을 빠져나갈 수 없으리라 생각했기 때문이다.

이방인이 싫증을 내고 완전히 사라질 그 순간까지, 무료함을 달랠 새로운 장난감으로 쓰고자 한 칸이었다.

그런데…….

어느새 이방인은 정말로 강해졌고, 그것은 칸의 예상을 한참이나 뛰어넘는 결과가 되어 선택에 기로에 서게 만들었다.

이대로 꾸준히 단련을 시킨다면 금세 이 숲을 빠져나갈 것은 자명한 사실인 바, 칸은 인간에게 겁을 줄 생각이었다.

그리하여 겁도 없이 몬스터에게 달려드는 것을 막지 않았고, 북쪽 숲의 전설을 만나러 갈 때도 막지 않았다.

그리고 정말로 엠페러를 이끌고 돌아왔을 때, 칸은 문득 깨닫는 바가 있었다.

그가 동경하던 인간의 진취적인 모습, 어릴 적 읽은 영웅담 속에 그려진 인간의 모습이 바로 눈앞에서 펼쳐지고 있다는 것을 알아차린 것이었다.

자신이 아무리 막아서도 인간은 보다 앞서 나가고자 하며, 아무리 힘든 일이 닥쳐도 한 걸음 더 걷기 위해 노력했다.

마을의 전사장이 된 지 백여 년.

그 기나긴 시간에 걸쳐 마을의 어른들에 의해 생겨난 선입견이 벗겨지고, 눈앞의 진실을 마주하게 되자 그 옛날 꿈꾸던 시절을 떠올릴 수 있었다.

마을의 어른들이 말하던 아집덩이, 교만하고 이기적인 인간은 칸의 눈에 보이지 않았다.

그의 눈에 비친 인간은 지금껏 들어온 평가보다 십만 배, 아니, 백만 배, 천만 배는 훨씬 더 뛰어난 존재였다. 이대로 자신의 장난감으로 남기에는 너무도 강인한 존재였다.

그래서… 그는 길을 열어줬다.

평생토록 품에 안은 채 질리도록 가지고 놀려던 아기 새를 세상에 풀어놨다.

물론 그 과정조차도 쉽지 않았지만, 앞에 닥친 위기를 새롭게 도약하여 해결하는 모습을 보며 칸은 더 이상 자신이 그의 곁에 설 수 없음을 깨달았다.

그리고… 자신은 이루지 못한 꿈에 가장 가까이 서게 된, 마을의 새로운 전사를 보며 펜과 종이를 집어 들었다.

칸은 유려한 글씨로 자신의 휘하, 새롭게 탄생한 마을의 방패전사에게 새로운 명령을 하달했다.

마을의 전사를 완전히 외부로 돌리는, 내규에 어긋나는 명령서를 보낸 칸이지만, 지금의 그는 근 백여 년간 가장 즐거운 순간을 보내고 있었다.

　한 인간을 통해 그에게 다시금 생겨난 꿈.

　칸은 자신이 날려 보낸 아기 새가 커다란 성조가 되길 기원하며, 곁에 딸려 보낸 마을의 방패가 돌아오게 될 그 순간을 위해 준비를 시작했다.

　칸의 꿈은 딸려 보낸 그녀가 돌아오는 순간부터 시작될 것이다.

4. 벨라의 경우

마을의 비선이라고 해야 할까?

외부와의 연락을 위해 마을에서 특별히 조련한 환수가 눈앞에 뾰로롱 나타났다.

그러고는 벨라의 손에 새로운 명령서를 떨어뜨리며 답장은 받지 않겠다는 듯 곧장 사라져 버렸다.

칸의 괴팍한 성격을 아는 만큼 이번엔 전사 승격을 핑계로 또 무슨 귀찮은 일을 시키려나 하는 생각이 들었다.

명령서를 펼치기 전부터 인상을 찌푸린 벨라지만, 이내 펼쳐진 명령서를 보고 복잡 미묘한 표정을 지을 수밖에 없었다.

그도 그럴 것이, 첫 줄부터 예상 밖의 문장이 있었기 때문
이다.

[긴급 명령서]

승격자 명 : 벨라
위 엘프를 전사로 임명함.

전사장 칸 엘누.

"……."
어째서일까?
그토록 이루고 싶던 꿈이 이루어진 순간이건만, 벨라는 그다
지 기쁘지 않았다.
어쩌면 이런 결과를 조금이나마 예상했던 탓일 수도 있고, 어
쩌면…….
슥—
새액새액—
…지금 바닥에 드러누운 저 인간 남자 탓일 수도 있었다.
그도 그럴 것이, 그녀의 임무는 저 인간과 함께 숲을 빠져나

가 인간 마을까지 에스코트하는 것이었고, 전사 승격이 결정되었다는 말은 임무에 성공하여 마을로 귀환하라는 의미였으니 말이다.

그리고 그 말인즉슨, 이 원수 같은 인간과 그 곁에서 멀뚱히 자신을 바라보고 있는 펭귄과 작별한다는 뜻이었다.

분명 마음이 홀가분해야 정상일진대, 어째선지 답답증을 느끼는 벨라였다.

그때, 길바닥에 너부러진 제 주인을 보던 펭귄이 벨라를 향해 물었다.

"왜 그러나, 엘프?"

"으응? 아니, 아무것도……."

어쩐지 수상하게만 보이는 벨라의 반응이지만, 본인이 아무 것도 아니라는데 별달리 할 말이 없던 엠페러는 쪼만한 어깨를 으쓱해 보이며 말했다.

"흠, 표정이 이상하기에 행운의 편지라도 온 줄 알았는데 말이야."

"행운의 편지?"

"뭐야? 행운의 편지도 몰라? 쯧쯧, 이거, 공부 안 한 티를 내는구만?"

"뭐, 뭐야?"

얼마 전, 제로와 만났을 때도 공부를 하지 않은 것 덕분에 칸에게 하루 종일 꾸중을 들은 그녀로선 난데없는 공부 얘기에 뜨끔하지 않을 수가 없었다.

물론 그 이후로 어떻게든 지식 수준을 평균까지 끌어 올리고자 많은 공부를 한 그녀였다.

그럼에도 여전히 스스로 미진하다고 느끼고 있던 만큼 부리를 높이 치켜올리며 그 정도 상식도 모르냐는 듯 뻔뻔한 모습을 보이는 펭귄을 보고 있자니, 어쩐지 심사가 뒤틀리는 기분이었다.

"흠흠, 행운의 편지란 건 말이지… 그 오백 년 전 대륙 남부의 잉그르란드르란 국가에서 시작된 것으로……."

게다가 그 뻔뻔한 어조로 설명하는 행운의 편지가 아무리 생각해 봐도 상식과는 거리가 멀다는 생각이 들자 조금 전까지 이 둘을 두고 귀환하는 것에 대해 품은 기분은 어디로 갔는지, 당장에라도 돌아가고 싶은 마음이 가득 차올랐다.

'그래도……'

엠페러가 마음에 안 드는 것은 여전했지만, 흙바닥에 얼굴을 비비며 잠든 제로를 보고 있자니, 어쩐지 가슴에 납덩이가 얹힌 듯 또다시 무거운 마음이 들었다.

그리고 그때, 강제 로그아웃된 제로의 아바타가 상태 이상 잠꼬대를 시전했다.

"우, 우우웅……."

…남들이 보기엔 그다지 유용할 것도 없는, 특수한 상태 이상 효과였다.

하지만 게임 속 리얼리티를 더하고 개중에는 잠든 캐릭터의 잠꼬대를 통해 정보를 얻어내는 특수한 직업 스킬이 있는 만큼 나름의 가치가 있는, 희귀한 상태 이상 효과라고 할 수 있었다.

"베, 벨라아아……."

"으응? 나?"

어째선지 자신의 이름을 부르며 잠꼬대를 하는 모습을 보면서 살짝 얼굴을 붉힌 벨라는 이내 이어지는 말과 행동에 절로 이마의 혈관이 붉거졌다.

탁탁탁!

"으응, 벨라… 가슴… 가슴으로 때리지 마… 아파……."

대체 무슨 꿈을 꾸고 있을 것일까?

어째선지 평평한 흙바닥을 손바닥으로 밀치듯 두드리며 중얼거리는 제로의 목소리는 곁에 서 있던 벨라가 방패를 꺼내 들게 만드는 데 부족함이 없었다.

"자, 잠깐! 설마 그걸로 주인을… 헙!"

째릿!

하늘 높이 치켜올라 가는 벨라의 방패를 보며 재빨리 그 앞을 막아섰던 엠페러지만, 이내 자신을 향하는 무시무시한 시선에 입을 다문 채 슬쩍 한 걸음 물러섰다.

소환수 된 도리로 주인에게 가해지는 위협을 최대한 막을 필요성이 있지만, 애당초 지금 자신이 가진 능력으로 벨라를 막을 수 없을뿐더러, 설마하니 죽이기야 하겠느냐는 생각에서였다.

그리고 그때, 바닥을 두드리던 제로의 손이 번쩍 솟구쳐 오르며 무릎을 꿇은 채 방패를 내려칠 준비를 하던 벨라의 가슴팍을 단숨에 움켜잡았다.

"에, 에엑! 뭐, 뭐하는!"

"크흠, 주인. 아무리 그래도……."

느닷없는 상황에 얼굴을 붉힌 벨라가 무릎걸음으로 주춤주춤 물러서려는 그때, 제로의 잠꼬대가 이어졌다.

"이건… 방팬가?"

쒜에에엑!

콰아아앙!

반경 수십 미터를 뒤덮는 폭음과 함께 몽글몽글 솟아나는 먼지 구름 속에서 식은땀을 흘린 엠페러는 처참하게 뭉개졌을 자신의 주인을 찾아 파닥파닥 날개를 휘저었다.

"주, 주인!"

그러나…….

콰앙! 콰앙! 콰콰쾅!

"으아아악! 그만! 죽었어! 이미 죽었다고!"

한 줌 핏물이 되었을 주인의 시체에서 뼈라도 추스르고자 필사적으로 벨라를 말리던 엠페러는 문득 자신의 예리한 후각에 피 냄새는커녕 흙먼지 특유의 텁텁함만이 느껴진다는 것을 깨달았다.

그러고는 다시금 날개를 휘저어 제로의 시체가 있을 법한 곳의 흙먼지를 치워냈다.

파닥파닥!

"주인, 살아 있나?"

그러자 어째선지 움푹 파인 수많은 흔적들 사이에서 멀쩡하게 잠을 자고 있는 주인의 모습을 확인하고는 이게 어떻게 된일이냐는 듯 벨라를 쳐다봤다.

혹시 극도의 자제심을 발휘해 화풀이하는 것으로 끝낸 것이냐는 물음이 담긴 엠페러의 시선에 살기등등한 모습으로 멀쩡한 제로를 내려다보던 벨라가 짜증난 목소리로 울부짖었다.

"끼아아아악! 대체 왜! 왜! 안 때려지는 거야!"

쾅! 쾅! 쾅! 쾅!

"……"

정확히 제로만을 피해 빼곡하게 그 주변을 채워가는 방패 자국들을 보면서 주춤주춤 벨라로부터 멀어지던 엠페러는 이내 자신의 발바닥에 닿는 이질적인 종이의 감각에 고개를 내려 그것을 주워 들었다.

[긴급 명령서]

이번 임무를 무사히 완수한 전사 벨라를 제로에게 동행하도록 함.
결과 보고를 통해 앞으로 마을의 바깥세상과의 교류에 대해 다시 조율이 있을 예정.
추가적으로 보고 내용에 따라 마을의 전통이었던 전사의 여행에 대한 제안이 예정되어 있음.
최선을 다하길 바람.

* 추신: 번거로운 준비를 피하고자 이 명령서는 우리 엘프 족 고유의 계약 마법이 담긴 마법 스크롤로 미리 제작되었으며, 이 내용에 따라 벨라는 제로의 동료로서 그에게 해를 끼치는 일이 없도록 해야 할 것.

계약 효과 ─ 계약자를 대상으로 한 살의가 담긴 물리적, 마법적 접촉 무시, 계약자 간 보조 마법 효과 상승⋯⋯.

전사장 칸 엘누.

"……."

부스럭.

그렇게 명령서를 모두 훑어본 엠페러는 조심스레 명령서를 접어 예의 신비한 가슴팍 주머니에 고이 집어넣었다.

어차피 한창 땅바닥에 방아를 찧는 벨라가 이 내용을 읽을 수 있을 것 같지도 않은데다, 저런 상황 속에서조차 주인은 태평히 잠들어 있으니 굳이 그 이상 자극할 필요가 없기 때문이었다.

"제발 쪼오오옴!"

덩기덕! 쿵기덕!

"으음, 벨라… 가슴 두드리는 소리가… 고릴라 같아……."

"죽어어어어엇!"

쿵더러러러!

그렇게 케이안 숲 최전방 방어선, 케이안 성의 외곽에선 한동안 땅을 장구 삼아 연주하는 소리가 계속되었다.

5. 나여주의 경우

사립 명문 동해 고등학교.

그곳의 3학년 1반에는 고등학교에 입학한 이래 지금까지 이름보다 공주님, 혹은 여왕님이란 별칭으로 더 많이 불리는 소녀가 있었다.

그녀의 이름은 나여주.

올해 19세가 되는 꽃다운 사춘기 소녀로, 화려한 꽃을 연상시키는 외모와 톡톡 튀는 매력으로 알게 모르게 많은 팬층을 거느릴 만큼 특이한 소녀였다.

특히나 국내의 난다 긴다 하는 집안의 자식들이 모인 이곳 동해 고등학교에서도 압도적인 재력과 권력을 자랑하는, 유서 깊은 집안의 영애인 그녀는 자신의 배경을 적극 활용한 거칠 것 없는 행동으로도 유명했다.

그중 3년째 학교를 같이 다니고 있는 애완견에 대해서는 근처 동네 주민들도 모르는 사람이 없을 만큼 유명했다.

그런 그녀와 애완견이 학교를 산책하면 복도에는 전용 산책로가 생겨나고, 모두가 운동 중인 운동장이나 체육관에서도 홍해의 기적이 일어나는가 하면, 애완견이 아프면 헬기를 타고 가는 것이 아니라 의사와 의료 기구를 태워서 가지고 오는, 그야말로 기적을 만들어내는 소녀였다.

그런 기적의 소녀는 그 무지막지한 행동만큼이나 콧대도 높아 고귀한 몸이었는데, 얼마 전 그런 그녀의 자존심이 처참히 뭉개지는 일이 일어나고야 말았다.

자신을 편입생이라 소개한 외부인이 학교의 암묵적인 규칙을 모르고 그녀와 애완견에 대해 시비가 붙었다가 외부인의 압도적인 지식에 제대로 된 반박 한 번 못하고 무릎을 꿇고야 말았던 것이다.

그 사건으로 그녀의 높디높은 콧대는 한동안 바닥을 향해 추락했으며, 그녀의 책상에는 수업과는 상관없는 다양한 동물 관련 서적들이 잔뜩 쌓여 있었다고 한다.

그리하여 그로부터 한 주가 지난 지금, 각종 동물들에 대한 지식을 섭렵한 그녀는 발걸음도 가볍게 자신의 반으로 향하는 중이었다.

으르릉! 왈왈!

발발발발.

"어머! 베르난도, 복도에서는 조신하게 걸어야지!"

여느 때처럼 자신의 애완견과 함께 말이다.

하지만 한 주간 평안을 되찾은 그녀와 달리 오늘의 베르난도는 평소와 좀 다른 바가 있었다.

마치 평소 자주 간식으로 주던 개 껌을 눈앞에 둔 것마냥 흥분한 녀석은…….

파앗!

타다다다닷!

"아앗! 베르난도!"

…마침내 제 주인까지 뿌리치고 어디론가 달려 나가기 시작했다.

그러고는…….

"우와악! 뭐야, 이 개!"

베르난도를 따라 달려왔던 그녀는 도착한 곳이 평소 지내던 자신의 반임을 알고 안심하는 한편, 안에서 들려오는 어딘지 낯

익은 목소리에 왠지 모를 불안감을 느꼈다.

왈왈!

"베르난도, 갑자기 왜 그래!"

불안감에 휩싸인 그녀는 때마침 다시 돌아온 그녀의 애완견을 보며 작게 나무랐지만, 불안과는 달리 아무런 이상이 없음을 깨닫고 이내 놀란 가슴을 쓸어내리는 기분으로 베르난도의 머리를 쓰다듬으며 말했다.

"아이 참, 베르난도! 자꾸 그렇게 혼자 가버리면 앞으로 학교에 안 데리고 온다?"

그렇게 말하며 마침내 일말의 불안까지 날려 버리고자 힘차게 교실 문을 젖히며 들어온 그녀는 어째선지 바닥에 드러누워 있는 낯선 한 사람과 눈이 딱 마주쳤다.

거기에 문득 향한 가슴팍에 놓인 개 껌은 그녀에게 한 가지 확신을 심어줬다.

"까아아악! 도둑이야!"

"뭐?"

현행범으로 걸려 버린 도둑이 당황한 듯 반문을 했지만, 그녀는 그에 아랑곳 않고 보다 구체적인 도둑의 범죄를 언급하며 소리를 질렀다.

"개 껌 도둑이야!"

자신의 범죄행위가 학교 전체에 울려 퍼진 것에 대해 당황한 것인지 도둑은 순간 무언가 변명을 했지만, 범죄자의 말 따위는 전혀 들을 생각이 없는 그녀는 용기를 내 도둑에게 다가갔다.

그러고는…….

"까아아악! 도둑! 죽어랏! 죽어어엇!"

자신의 자리에 놓인 두터운 역사 교과서로 온 힘을 다해 도둑을 내려치기 시작했다.

그러다 문득 마음 착한 그녀는 속으로 '이 남자가 충동을 참지 못하고 실수로 저지른 범죄거나 너무나 배고픈 나머지 개 껌이 먹고 싶어서 훔친, 장발장 같은 남자면 어떡하지?' 라는 터무니없는 생각을 하며 죽으라고까지 말하는 것은 너무 심하지 않았을까 고민하는 그때…….

도둑으로부터 선명한 욕설 한마디가 들려왔다.

"…미친년아!"

"뭐? 미친년?"

집에서도, 학교에서도 공주로 통하는 그녀는 일평생 단 한 번도 들어보지 못한 상스러운 욕설에 조금 전까지 갖고 있던 연민의 감정을 버리고 무자비한 발길질을 하기 시작했다.

'미친년! 미친년이라니! 이 몸더러 미친년이라니!'

세계적 디자이너가 직접 디자인한 그녀의 실내화는 특이하게도 구두처럼 앞코가 뾰족하고, 조금 낮지만 힐까지 가지고 있어 발차기로 누군가를 아프게 하는 데 있어서 아주 훌륭한 도구였다.

그렇게 몇 번이나 발길질을 했을까?

평소 운동과는 담을 쌓고 지내던 그녀의 다리에 살짝 힘이 빠질 무렵, 한창 발길질을 당하던 도둑이 정말이지 수치스럽고, 모욕스러운 한마디를 꺼내고야 말았다.

"딸기 팬티 년아!"

"따, 딸기……."

풀썩!

그 한마디에 그렇지 않아도 힘이 풀려가던 다리는 더 이상 몸을 지탱할 수 없었고, 그녀의 눈가에 수치의 눈물이 가득 차올랐다.

'딸기, 딸기라니…….'

사실 그녀도 발로 차면서 문득 이런 상황이 오지 않을까, 자신의 속옷이 도둑에게 보이지는 않을까 하는 걱정을 하긴 했다.

하지만 상스러운 욕설로 모욕한 것에 대해서 그녀는 화를 표출할 필요가 있었고, 교과서로는 부족함을 알았기에 어느 정도 리스크를 감내하고 발차기를 실시했던 것이다.

그러나 그 결과, 그녀는 정말로… 정말로 아끼고 또 아끼는 자신의 예쁜 딸기 무늬 속옷을 보여줬다는 것에 대해 절망할 수밖에 없었다.

'하다못해… 멜론… 아니, 파인애플만 됐더라도…….'

멜록은 초록, 파인애플은 노랑.

그리고 그녀가 지금 입은 딸기 무늬 속옷은 새빨간 딸기가 여기저기 박혀 있는 종류의 것으로, 색을 따지자면 빨간색이었다.

그리고 이 빨간색 속옷은 그녀가 정말로 특별한 날에만 아껴 입는 속옷으로, 지난주의 모욕감으로부터 벗어나 자존심을 회복했음에 대한 스스로를 인정하는 기분으로 입고 나온, 특별한 속옷이었다.

하지만 그녀의 빨간 속옷에는 단순히 그런 의미만이 담긴 것이 아니었다.

'빨강은 대대로 정렬과 사랑, 열정 내지는 흥분을 상징하는 색. 이런 사랑스럽고 부끄러운 속옷은… 반드시 좋아하는 사람한테만 보여주려고 했는데!'

뜨거운 사랑을 대변하는 정열의 빨간 속옷은 그녀 자신의 규칙에 따라 정말로 좋아하는 사람과 자신만이 볼 수 있는, 특별한 것이었다.

이것이 얼마나 특별한 것이냐면… 그녀가 평생 유일하게 직접 빨아본 의류가 바로 빨간 딸기 무늬 속옷이며, 혹여나 자신이 좋아하는 상대가 너무너무 좋아서 일주일 내내 딸기 무늬를 보여주고 싶을 때를 대비해 일곱 개나 되는 같은 디자인의 속옷을 미리 준비해 뒀을 뿐 아니라 치수별로 준비하는 치밀함까지 보인, 정말정말정말 특별한 속옷이었던 것이다.

그런데 그게 아무 관계 없는 외간 남자에게 보여졌을 뿐 아니라, 그 대상이 범죄자라고 생각하니 서러움과 수치스러움에 눈물이 났다.

"끄윽, 끄흐흐흑… 우아아아아앙!"

어떻게든 참아보려 했지만, 결국 터져 나온 눈물은 도둑이 벌떡 일어나 가까이 다가오는 중임에도 전혀 멈추지 않았다.

그리고 마침내 그녀의 울음이 절정에 달했을 무렵.

"나 이제 시집 못 가아아! 으아아아아앙!"

벌컥!

우르르르!

"……."

"……."

쏟아져 들어온 선생님들과 도둑 사이에 공주님의 울음소리를 배경으로 기묘한 정적이 감돌았다.

〈『멋대로 라이프』 제3권에서 계속〉

www.bbulmedia.com

www.bbulmedia.com